あたらしいエクスプロージョン

福原充則

白水社

あたらしいエクスプロージョン　目次

あたらしいエクスプロージョン　3
あとがき　163
特別付録　167

あたらしいエクスプロージョン

登場人物

役者1　杵山康茂《きねやまやすしげ》／金剛地《こんごうち》／武士2
役者2　野田富美子《のだふみこ》／警官／弁護士
役者3　石王時子《いしおうときこ》／柚木灘子《ゆずきなだこ》／カスミ／裁判長／客2
役者4　貞野寛一《さだのかんいち》／坊やの哲／アザミ／警官
役者5　今岡昇太《いまおかしょうた》／デビッド・コンデ／武士1
役者6　月島右蔵《つきしまうぞう》／マイク・サカタ／同僚の兵士／客1

この芝居では、役者は一人数役を演じることになると思います。各シーンは柱を立てていますが、シームレスに場面が変わっていくことになりますので、自分の演じる役も舞台上で、観客の前で、変わっていくことと思います。演技の変わり目を、これぞ役者！　と、どこか鼻持ちならないくらいに演じきってもらって構いません。

戦後、日本映画で最初にキスシーンを撮った映画人達のお話ですが、史実を踏まえた上でそこから飛距離のある演技を求めます。

1. プロローグ　1945年8月

暗転中に、蟬の鳴く声が暴力的なほどに。
その鳴き声の中から、ラジオの音声が微かに聞こえてくる。
音声は次第に大きくなり、それが玉音放送であることがわかる。
いつしか蟬の鳴き声は消え、天皇陛下の声だけが聞こえる。
と、突然、稲妻の音。そしてどしゃぶりの雨の音になる。

2. 東京・焼け野原　1945年10月

明転。
どこかのあばら屋の軒先。
杵山康茂が一人、ぽつんと雨宿りをしている。

雨はここではまだＳＥのみである。

杵　山「……。」

と、雨をよけながら今岡昇太がやってくる。
今岡は軍服姿である。

今　岡「（雨をはたきながら）ここでしたか」
杵　山「こっちのほうはいまだに焦げくさいな」
今　岡「今日は雨降ってくれたんでマシなほうですよ」
杵　山「……そうか」
今　岡「もう少し煤《すす》やら埃やらが流れてくれればいいんですけど」
杵　山「……雨水吸うと瓦礫《がれき》が重くなって大変だろ」
今　岡「人間のほうが大変でしたよ、生きてる時より水を吸いますから」
杵　山「……。」
今　岡「……行きます？」
杵　山「うん？、うん」
今　岡「行きましょうよ」
杵　山「……見ろ、こんなところから浅草寺が見えるぞ」
今　岡「浅草寺なら焼けましたけど」

杵山「じゃああれはどこの寺だ」
今岡「……さぁ。方角でいうと……、東本願寺じゃないですか」
杵山「広い焼け野原にポツーンとまぁ……、」
今岡「……〝まぁ〟？」

杵山、それまでの陰鬱な表情から一変して力強く、

杵山「画《え》になること!!」
今岡「……確かに」
杵山「今岡、……撮るか」
今岡「え？」
杵山「こりゃ撮っといたほうがいいんじゃねぇか？」
今岡「……（機材が）なんもないですよ」
杵山「（指でファインダーを作り）撮りてぇな」

杵山、軒先を出て、ベストなアングルを探そうとし始める。
軒先を出ると、雨は本水に変わる。
どしゃぶりの中、指で映画を撮り出す杵山。

今岡「……杵山さん？」

杵山「……。」

今岡「……風邪引きますよ、杵山さん！」

杵山、雨の、ど真ん中で立ち止まり、

杵山「（指のファインダーを覗き）ほら、いいよ、今岡。いい画だよ！」

今岡、渋々雨の中へと出てきて、杵山の指を覗く。

今岡「（がぜん興味を示し）……いいっすね」

杵山「回せ」

今岡「何を？」

杵山「回せ！」

今岡「……あぁ、え、どうやって？」

杵山「フリでいい、フリで」

今岡「は？」

杵山「いくぞ、……よーい、はい！」

今岡「……？」

杵山「早く！」

今岡「……（口真似でフィルムの摩擦音）」

杵山「(興奮して)おぉ。……おぉ！　おぉ！」

本水の中、フリの映画を撮り出す二人。

今岡「(喉元を叩いてモーターの回転音を足す)」
杵山「……たまんねぇな」
今岡「(口真似を続けている)」
杵山「誰か近所に役者いねぇのか」
今岡「いませんよ。(言い終わるとまた口真似)」
杵山「高梨が向島じゃなかったか？」
今岡「とっくに死にましたって。上海沖《しゃんはいおき》で(また口真似)」
杵山「植村は？」
今岡「安徽《あんき》省の山ん中で死にました(また口真似)」
杵山「……あとは、」
今岡「監督、帰ってきたのは俺だけです」
杵山「……。……なおさら撮りてぇな！」
今岡「……。」

物音がする。

杵山・今岡「……？」

今　岡「（音のする方に）……すいません、うるさかったですか？」

と、物陰から少女……、野田富美子が現れた。
富美子、防空頭巾をかぶっている。

富美子「……いえ、」

杵　山「…………。」

杵山が何か言いかけた瞬間、暗転。
そして音楽。

3．オープニング

華やかだが、死人の盆踊りにも見えるような踊りが展開する。
大仰にタイトルが出たっていい。
出るとすれば、映像などではなく、役者が人力でできるものがいいかと思う。

4. 撮影所

ガランとした撮影所。物も人もない。
そんな中、女優・柚木灘子が撮影所の椅子でタバコを吸っている。
その前で和装の月島右蔵が一人で芝居をしている。

月　島「……一宿一飯《いっしゅくいっぱん》の恩義でござんす。駒木野《こまぎの》の親分さんへ、お命頂戴にあがりやした！」

月島、一人で刀を振り回し、見えない敵を斬りまくる。そのまま掛け声とともに、数人を斬り倒したようだ。
が、一人生きていた様子で、

月　島「……おっと、しぶてぇ野郎だ。……その怪我でどこに逃げなさる。親分さんも男なら散り際ってもんを……、……ん?、……なに?、……パードゥン?、……オォ、ノー！　ノー!、I never forgive you, you die!」

そう言って月島、刀を振りかぶる。

灘子「……（斬ろうとしている相手は）外人だったの？」

月島「え？」

灘子「外人の親分さん？、っていう設定？」

月島「おう。当たると思うか？」

灘子「本気で聞いてるの？」

月島「せめて映画の中だけでも、メリケン野郎にやり返してぇって奴はいっぱいいんだろ」

灘子「……そんなもん検閲通らないでしょ。タバコない？」

月島「検閲なんかもうねぇよ」

灘子「あるって噂だよ、GHQの」

月島「……戦争、終わったじゃねぇか」

灘子「知らないよ」

月島「おいおい、検閲はもうこりごりだぞ」

月島の付き人、坊やの哲が現れ、

坊や「先生」

月島「ん？」

坊や「金剛地さん、いらしてます」

月　島「呼べ」

坊　や「はい（去りかける）」

灘　子「哲君（と手を振る）」

坊　や「（笑う）」

灘　子「ね、タバコ、手に入る？」

坊　や「灘子さん、先生とはもう寝ましたか？」

灘　子「は？」

坊　や「先生の女なら、お使いも頼まれますけど」

灘　子「……寝てないよ」

坊　や「じゃ、一日寝てから頼んでください」

灘　子「寝ないよ」

坊　や「え、女優ってみんな先生と寝るんじゃないんですか？」

月　島「そうだよ」

灘　子「そんなことないよ」

坊　や「先生が〝女優ってのは、俺と寝た女とこれから寝る女のどっちかしかいない〟って言ってました」

月　島「（誇らしげに笑う）」

灘　子「（呆れて）あ、そう。じゃあいつか私も寝るんじゃない」

坊　や「（満面の笑み）」

灘　子「……いい笑顔だこと」

坊　や「先生はいろんなお古をくれるんです。だから、いつか灘子さんももらえるってことだろうなあ」
灘　子「……お古でね」
坊　や「しかし灘子さんは持てあましそうだ。（指さして）性格に難あり！」
灘　子「あっち行ってなさい」
坊　や「はーい」

と、月島のマネージャー、金剛地が現れる。
金剛地、杵山と同じ役者が演じる。

金剛地「……ったく、」
坊　や「あ、金剛地さんだ」
月　島「よぉ」
坊　や「なにしてるんですか？」
金剛地「……門の前で会った若い男に月島先生を呼んでくれと頼んだら、いつまで経っても戻ってこないから、勝手に入ってきたところだよ」
坊　や「そういうことは僕に頼んでくださいよ」
金剛地「お前に頼んだんだよ！」
灘　子「マネージャーなんだから入ってくればいいでしょ」
金剛地「空襲で身分証が焼けちゃいまして」

灘　子「……金剛地さん、東京にいたの？」
金剛地「いや、それがですね、元々は会社に頼まれて機材庫にある……、」
坊　や「(元気に) じゃあ僕、今日はここで失礼します！」

坊や、去っていく。

金剛地「……話の腰を折ってくね」
月　島「そういや、機材の件はどうなった？」
灘　子「今、話の途中、」
金剛地「まぁこれ同じ話ですけど」
灘　子「え？」
金剛地「いえね、いよいよ東京もまずいって段になって、会社からここの機材を疎開しろって言われたんです。行きましたよ。大月にある倉庫まで。で、その日の晩に、東京の街ごと、身分証も灰になりました」
灘　子「ま、無事でなにより」
金剛地「……灘子さんも」
月　島「お前のことより機材は無事だったのか？」
金剛地「(傷つきつつ) 無事は無事です」
灘　子「あら。じゃいよいよこの撮影所も再開？」
金剛地「ま、そうなりますね。……うん、まぁ」

月　島「なんだよ？」
金剛地「いえいえ」
灘　子「いつ届くの？」
金剛地「機材ですか？、トラックも手配できたんで、あとはガソリンが買えれば機材自体は帰ってきます、……が、」
月　島「なんだよ！」
金剛地「ＧＨＱがですね、」
灘　子「ほらぁ！」
金剛地「知ってるんですか？」
灘　子「詳しい話は全然」
月　島「……、」
金剛地「（改まって）先生、これからは剣戟《けんげき》映画は禁止だそうです」
月　島「……は？」
金剛地「禁止になったんです」
月　島「……。」
金剛地「剣戟、チャンバラの世界はあまりにもあちらさんの求める民主主義と違いすぎるとのことらしいです」
月　島「……なにを偉そうに⁉」

月島、抜刀。

金剛地「私に怒るのは違うでしょう！」
月　島「……。」
金剛地「撮れないわけじゃないんです。あたらしい映画を撮るいいキッカケだと思いましょうよ」
月　島「……。」
金剛地「月島先生！、……帰ってくる機材は、月島組で使えるんです。いいですか？、東京の撮影所はここの一角を残して、すべて焼失しています。生き残った人間は仕事を求めて京都に流れていきました。今、人も機材も一組分しかないんです。撮れるだけでも恵まれているんです！」
灘　子「そうだよ。みんな、カメラもフィルムもないってこぼしてるんだから」
月　島「みんなって誰だよ」
灘　子「え、……だから、みんなだよ」
月　島「例えば？」
金剛地「杵山さんとか？」
灘　子「そう。あの監督、我慢できずに四六時中、指で撮影してるらしいよ」
月　島「……杵山なんか知らねぇよ。どんな顔だ」
金剛地「……ちょっと、私に似てるかもしれません」
灘　子「確かに、金剛地さんと系統は一緒だね」
月　島「……へぇ、……じゃあ嫌いな顔だな」
金剛地「……。」
月　島「とにかくさっさと機材を持って帰ってこい」

と言いながら、月島と灘子は金剛地の衣装と持ち物をさらっていく。
金剛地は舞台上でそのまま杵山になる。
そこはあっというまに映画館だ。

5．映画館

映画館の中で、杵山が立ったままスクリーンを見上げている。どうやら満員の客席。
流れているのは喜劇映画なのだろうか、客席からあがる笑い声。
杵山も一緒に笑っている。が……、

杵　山「……。」

映画は続くが、杵山は次第にうつむいていく。
と、目の前を、頭巾をかぶった富美子が走り去っていく。
一間、置いて、追いかけてきた今岡が現れ、今岡「杵山さん！」
杵山「え？」
と声をかけられた時には、そこはどうやら別の場所のようだ。
騒がしい人々の声の中、今岡が富美子を捕まえる。
揉み合う二人。
今岡「杵山さん！」
杵山「あ、あぁ！」
杵山も加わろうとした時、富美子が今岡の手を振り払い、
富美子「……臭い!!!」
今岡「えっ!?」
富美子、去っていった。
慌てて追いかけようとする二人。
しかし今岡はなぜかうまく進めない。一人でドタバタとしている。

今岡「あの、すいません、通してください!、すいません!」
杵山「どうした、今岡!、溺れているのか?」
今岡「違います、闇市に溢れる人の波に揉まれているんです!」
杵山「……あぁ、ここは闇市だったか!」

6. 闇市

舞台はいつのまにか埃の舞う闇市だ。

杵山「見失ったな」
今岡「……。」
杵山「……なんだよ?」
今岡「別に臭くないですよね?」
杵山「さぁ、今更匂いなんて気にしてられねぇよ」
今岡「(まだ気にしている)」
杵山「……しかしこの人の中で探すのは骨が折れるな」
今岡「一旦、飯にしませんか?」

杵山「いや、まだその辺にいるだろうから、」
今岡「あの子も飯屋に寄ってきますよ」
杵山「……もう少し、」
今岡「ちょっと待てば撮影所に女優も戻ってくると思いますけど、」
杵山「あの子がいいんだよ」
今岡「ちゃんと顔見ました？、今までの杵山さんの好みとは、」
杵山「いいんだよ、あれで」
今岡「他に女優はいくらでも、いくらでもはいませんけど、それなりにいますよ」
杵山「あたらしいのがいいんだ」
今岡「新人は面倒が多くて……、」
杵山「今岡、」
今岡「はい」
杵山「……浅草の万客館《ばんきゃくかん》が営業を再開していたぞ」
今岡「らしいですね。……新作でした？」
杵山「あぁ」
今岡「くそ、こっちはまだ機材もないのに……、どうでした？」
杵山「……生きてるやつを見て、死んだやつのことを思い出した」
今岡「は？」
杵山「スクリーンに役者が映るたびに、あぁこの役者は無事だったんだ、あぁこいつも生きてたかぁなんて思って見てたけどな、そのうちにじゃあ出てこない奴はどうしたんだ？　と思い始めた。

監督は高吉久司《たかよしひさし》だ。だったらノッポの伊能《いのう》とかデッパの花崎《はなさき》……、」

今岡「和夫」

杵山「花崎和夫《かずお》やらが必ず出てきたもんだろう。ところがいくら待っても出てこない。途中からそいつらのことばかり考えて楽しめなかった」

今岡「……それで新人ですか？」

杵山「……死んだ役者と絡んだことのない奴で撮る」

今岡「新人使うなら会社に許可取らないと」

杵山「会社は俺なんかに撮らせてくれないよ」

今岡「じゃあ機材はどうするんですか？」

杵山「……（妙案もなく、仕方なく指で覗いて口真似）。」

今岡「……焦らず半歩半歩で行きましょうよ。まずは飯です」

と、汁物やの貞野寛一が現れる。

同時にセットの一部が暴力的に動いて、店が登場する。

寛一「はい、煮ぼうとう、煮ぼうとう、あったかい煮ぼうとうだよ！」

今岡「ほら」

杵山「わかったよ」

今岡「おい、一杯くれ」

寛一「ウチは松竹梅《しょうちくばい》とあるよ」

今岡「どう違うの？」
寛一「梅は汁のみ。竹は具入り。松は具入りだ」
今岡「ん？」
寛一「梅は汁のみ。竹は具入り。松は具入りだ」
杵山「竹と松の具はどう違うの？」
寛一「同じ寸胴で煮てんだから具は一緒だよ」
杵山「……じゃあ何が違うのかな？」
寛一「竹はそのまま食ってもらう。松になると何の具か説明が付く」
杵山「……、」
寛一「ただし、説明したことで食えなくなる奴もいる」
今岡「じゃあまぁ竹で」
杵山「食うの!?」
今岡「え？」
杵山「説明されたら食えなくなるもんが入ってんだぞ？」
今岡「だから説明なしの竹で」
杵山「いや具は一緒なんだよ」
寛一「おい、無理して食うことねぇよ。客はひっきりなしに来るんだからよ」

と、目深な帽子をかぶった客1が現れ、

客　１「おい、竹」
寛　一「ありがとうございます」

続けて客2が現れる。確かに店は繁盛しているようだ。

今　岡「あ、こっちも竹」
寛　一「はいよ」

客はそれぞれ食べ始める。

今　岡「杵山さん、食べないんですか？」
杵　山「……よく客が来るな」
寛　一「誰も味なんて気にしてないからな」
今　岡「腹がふくれりゃね」
寛　一「違うよ、馬鹿」
今　岡「え？」
寛　一「店で金を払うと飯が出てくる。そしてそれを食う、っていう当たり前が楽しくてやってくるのよ」
杵　山「……ほぅ」
今　岡「確かに、こんな汁でも当たり前には感謝だな」

杵山「……当たり前は当たり前だろ。なんで当たり前をありがたがったり楽しんだりしなきゃいけねぇんだ」
今岡「今はそれを言ってたらお終《しま》いでしょ」
杵山「バカ、そういうこと言うから始められるんだろ」
今岡「……いた！」
杵山「……え？」

いつのまにか富美子が店の前に立っていた。

富美子「……！」

富美子、走り去る。
追いかけて去っていく杵山と今岡。
続けて客2も食べ終わって去っていく。
残った客1、辺りをうかがったあと、お椀を返す。

客1「……ごちそうさん」
寛一「どうも」

寛一、去っていく。

舞台には客1だけが残った。
客1、帽子を取ると、通訳のマイク・サカタになる。
マイク・サカタ、月島右蔵と同じ役者が演じる。

サカタ「……なんだか物騒ですね」

と、去ったばかりの今岡がデビッド・コンデになって現れる。
コンデ、進駐軍の帽子にタレサンにどてら姿。

コンデ「Dogs, ……fucking Japanese dogs.（野良犬どもめ）」
サカタ「……あの、」
コンデ「It's a quite job to tame them.（彼らに法を教えるのは大変なことだよ）」
サカタ「ミスター・コンデ、」
コンデ「デビッドと呼んでください」
サカタ「デビッドさん、」
コンデ「なんですか、マイク・サカタさん」
サカタ「変装を……、disguise してきてくださいって言いましたよね?、ここは進駐軍が安心してうろつける場所じゃないですよ」
コンデ「（どてらを示して）ジャパニーズ・スタイル」
サカタ「首から上が、マッカーサーに寄せ過ぎてるので」

コンデ「?」
サカタ「あぁ、You're very similar……、」
コンデ「fine（構いません）、もうわかりました」
サカタ「え?」
コンデ「Done with the inspection.（視察はもう終わります）」
サカタ「あ、はい」
コンデ「戻って一緒に考えましょう。The way to permeate this country with our idea.（この国に我々の教えを効率的に浸透させる方法を）」
サカタ「……はい」

暗転。
音楽。

7．路地裏

明転。
焼け跡の暗がりに売春婦がたむろしている。

隻眼《せきがん》のカスミ。男娼のアザミ。それぞれ離れて立っているが、アザミがカスミをなじり続けている。

アザミ「……この恥知らず！　いつか誰かに刺されるよ！　誰にも刺されなかったら私が刺すよ！　ヒロポン中毒の梅毒女！　聞いてんのかい！　目だけじゃなくて耳も片っぽいかれてるのかい！」
カスミ「……。」
アザミ「惨めなパンパンの末路を教えてやろうか?、その顔じゃ田舎にも帰れないだろう。嫁のもらい手もないよ。今だけさ。この焼け跡にビルが積み上がって、誰もが別の顔して歩くようになっても、あんたはここでお鉢を持って、はいつくばって乞食してんだよ！」

と、防空頭巾姿の富美子が現れる。

富美子「……カスミ」
カスミ「今夜は遅かったね」
富美子「なに？」

と、訊ねながら富美子は頭巾を脱ぎ、さらに服も脱ぐ。中から商売服が露わになる。

カスミ「いつもの言いがかり。客を横取りしたとかなんとか」
富美子「あぁ。で？」

カスミ「ん？」
富美子「取ったの？」
カスミ「取るも何もこっちは立ちんぼしてるだけなんだから、客が勝手にやってくるんだよ！」
アザミ「内緒話はやめなさいよ！、堂々と言いな！」
富美子「アザミさん、そんなになってたら客が寄りつかないよ」
アザミ「私に忠告する気！、ずいぶんと余裕なわけだ。知ってんだよ、あんたらが捕まえた客になにしてるか」
カスミ「ちょっと！」
アザミ「はぁー！　ようやくこっち向いた！　ひとつめで私をよく見やがれ！」
カスミ「あんたさぁ、」
富美子「いいからいいから。……あっち行ってな（と殴る）」
アザミ「ちょっと、痛い、……ちょっと！」

富美子、かわいい顔に似合わない結構な暴力で殴り勝つ。

アザミ「……誇りがないんだよ、あんたらは！」

アザミ、去っていく。

カスミ「ありがと」

富美子「いいのいいの。あ、ほら、来たよ」

そう言って、富美子はなぜか物陰に。
カスミは男を誘う立ち姿に。
そうしてやって来たのは杵山だ。

カスミ「……。」
杵　山「なぁ、お姉ちゃん、お姉ちゃん、」
カスミ「交渉はしないよ。こっちの言い値で買ってもらう」
杵　山「……あぁいや、頭巾をかぶった女の子知らないか？」
カスミ「……さぁ」
杵　山「この辺にいるって話を聞いてきたんだけど」

と、突然、富美子が現れ、角材で杵山を殴る。

杵　山「……！、……………、」

杵山、倒れる。

富美子「早く！」

カスミ「うん」

富美子とカスミで杵山を身ぐるみ剝ごうとする。

富美子「……あれ」
カスミ「ん？」
富美子「まずいかも……」
カスミ「なに？」
富美子「こいつ、最近、私のことつけ回してた男だよ」
カスミ「え？」
富美子「警察だと思う」
カスミ「なんかしたの？」
富美子「……あんたと二人で売春しにきた男を殴って身ぐるみ剝いだよね？、30人ほど」
カスミ「……。……40人じゃない？」
富美子「なんにしろね！」

そこへ今岡がやってくる。

今　岡「あ！」
富美子「行くよ！」

バラバラに逃げ出す二人。
が、アザミが現れ、富美子の前に立ち塞がる。

富美子「ちょっと！」

富美子、アザミに投げ飛ばされる。

アザミ「ほら！、これであんたも天狗の迷い箸だよ！、……（少し考えて言い直して）年貢の納め時だよ！」
今　岡「個性的な間違え方だね」
富美子「痛い……、」
杵　山「痛いのはこっちだよ」
富美子「あんたが延々つけてくるからでしょう！」
今　岡「……杵山さん、この子、パンパンじゃないですか？」
富美子「……。」
杵　山「そんなわけあるか」
アザミ「そうだよ」
今　岡「ほら」
杵　山「じゃあ、なんで防空頭巾なんかかぶって……、」

アザミ「さんざん悪さしてるから、昼間は顔隠して歩かないと刺されるもんね」
杵山「は？」
アザミ「今、あんたがされたまんまのことだよ。値段の交渉しているうちに後ろからゴンさ」
今岡「杵山さん……、」
杵山「……。」
富美子「ほら返せばいいんだろ」

富美子、杵山の財布をそこらへ放り投げる。

杵山「(呆れながら財布を拾いつつ）参ったな……、」
今岡「どうします?、とても女優なんかつとまらないですよ」
杵山「……。」
富美子「……？」
アザミ「……女優？」
今岡「映画に興味ある？　ないよね？　ないみたいですよ」
杵山「今岡」
今岡「……。」
富美子「なんなの？」
杵山「悪い話じゃないと思う。股を開いて稼ぐより……、」
富美子「バカにすんなよ。誰にもやらせてないよ」

アザミ「美人局《つつもたせ》専門だもんね」
富美子「あんた、うるさい！」

と殴りかかる。さっと避けて、去っていくアザミ。

今　岡「……なんにせよ、ひでぇな」
富美子「……。」
杵　山「でも興味ないわけでもないって顔してるぞ」
富美子「……そりゃ身寄りのない組だからね。仕事はいくらでも探してるよ」
杵　山「家族は？」
富美子「たぶん死んだ」
今　岡「たぶん？」
富美子「町内ごと黒焦げで、家の柱と人間との区別がつかなかった」
杵山・今岡「……。」
富美子「で、どれくらいお金もらえるの？」
杵　山「よし！、こうしよう。昼間、撮影をする。夜はここで客を取ればいい」
富美子「お金ないのね？」
杵　山「……金はあるさ。会社が出すんだ。ただ、今はこんな状況で、俺が撮るまで順番が回ってこない。だから勝手に撮る。おいおいうちの会社が買い取ってくれるに決まってる」
富美子「前金」

杵山「……よし！、今岡、」
今岡「ないですよ」
杵山「……よし！」
今岡「よしの安売り」
杵山「俺達が客を連れてくるから、それで稼いで……、」
今岡「本物の美人局じゃないですか」

富美子、黙って去ろうとする。

杵山「ちょちょちょちょ！　っと待って」
富美子「お金ないんでしょ⁉︎」
杵山「あっても意味ないだろ?、明日明後日にはこの国の金はドルになってるかもしれない。そんなに金、金……、」
富美子「金、金、言いたいわけじゃないよ。ただ生きてくのには必要でしょ?」
杵山「……もちろん」
富美子「私、明日も明後日も生きてたいだけ」

富美子、再び去りかける。

杵山「……よし。わかったぞ」

富美子「帰ってもいい？」
杵　山「生きていたいんだろ?、だったらやっぱり映画だな」
富美子「……は？」
杵　山「いい映画に出れば、生きていられる！」
富美子「お金にならないんでしょ？」
杵　山「いつかまた戦争になる。戦争になれば金持ちも死ぬ」
今　岡「最初に貧乏人が死にますけどね」
杵　山「でも、いい映画に出ていれば殺されない」
富美子「……？」
杵　山「例えば、だ。戦場でクラーク・ゲーブルやゲーリー・クーパーと出会ったとする。俺は絶対に彼らを撃たなかっただろう。そんな罰当たりなことできるもんか。彼らだけじゃない。他のアメリカ兵だって、もしかしたらグレタ・ガルボやフェイ・レイの恋人かもしれない。俺はグレタを悲しませたくないし、フェイ・レイが泣き叫ぶのは、キングコングの中だけで充分だ」
富美子「……。」
杵　山「な?、いい映画に出れば殺されないのさ」
富美子「……名前なんていうの？」
杵　山「杵山康茂だ」
今　岡「今岡（昇太）……、」
富美子「アメリカ兵に銃を突きつけられる。〝俺は映画屋だ。名前は杵山。いい映画を沢山撮ってるし、これからも撮るから殺すな〟と言う。アメリカ兵が答える。〝俺は映画を観る趣味はない〟、バーン……。

杵　山「……よし、誰もが見るよな、いい映画を撮ろう」
富美子「しつこいね」
杵　山「頼むよ」

揉み合う二人。思いのほか強い富美子の腕力に、杵山、投げ飛ばされるが、

杵　山「(勢いよく立ち上がり)……その映画で!、兵隊を映画館に釘付けにする! 一歩も外に出しゃしねぇ!」
富美子「……。」
杵　山「……こないだの戦争じゃそれができなかった。我々の責任だ。謝る。映画が戦争に負けた。次は勝つ。協力を求む」
富美子「……。」
杵　山「……な?」

しばし沈黙。
富美子、返事をする代わりに、ゆっくりと杵山の匂いを吸い込んだ。

杵　山「……え?」
富美子「……変な臭い」

杵　山「今岡よりはましだろう」
今　岡「……ちょっと、」
富美子「……匂い次第なんだよね」
杵　山「……ん？」
富美子「最近、何かを決める時は、頭を使うのをやめてんの。偉い人達が偉い頭で散々考えた結果、この焼け野原でしょ。だから、私はもう頭ってやつを信用してないから。……なんでも鼻でもって決めることにしてるんだ」
杵　山「……、」
富美子「あんたの匂いは嫌いじゃない」
杵山・今岡「……。」

富美子、もう一度、杵山の匂いを吸い込んだ。
どこかエロティックな時間……。
その空気を破って、

月　島「バカなこと言ってんじゃないよ！」

と、月島が現れた瞬間、そこはＧＨＱの本部になる。

8. GHQ本部

月島がＧＨＱに乗り込んできている。
坊やの哲も現れ、月島を必死で止めているようだ。
杵山も一瞬で金剛地になって、月島を止めている。

坊や「月島さん！、まずいですって」
月島「マッカーサーはどこだ！」
坊や「とりあえず刀、しまいましょう」
月島「小道具だ。本物じゃない」
坊や「それでもいけません。ここ、ＧＨＱの本部ですよ」
月島「俺は毛唐《けとう》どもに教えてやらなきゃならん。剣戟の何が悪い！」
金剛地「いいとか悪いとかじゃありませんよ！」
月島「じゃあ何だよ、金剛地」
金剛地「勝ったか負けたかでしょう」
月島「は?、なんの勝負だ」
金剛地「戦争ですよ。勝った奴に従うのは剣戟映画も一緒でしょう。切腹、打ち首にならないだけましです」

月　島「……俺は負けてない」
金剛地「えぇ。戦地に行かなかった我々が、負けたと気付くのはこれからです。こういうことの積み重ねで気付いていくんでしょう」
月　島「……。」
坊　や「先生、帰りましょう」

と、そこへコンデが現れる。

コンデ「……［騒がしいな］」
坊　や「なんか来ましたよ」
コンデ「This is Civil Information and Educational Section. How did strangers like you get in?（ここは民間情報教育局です。どうやって部外者が中に？）」
月　島「なんだ？」
金剛地「さぁ」
コンデ「……Did you see Mike Sakata?（マイク・サカタはいるか？）、（コントのようなカタコトで）私の、通訳を、知りませんか？　マイク・サカタという男性です」
月　島「マイク・サカタなら、俺がここにいる限り、登場することはありませんよ」
コンデ「Why?、なぜ、あなたが、それを決めますか？」
月　島「あんたの国じゃどうなってるか知りませんが、この日本で、一人数役やるってことはそういうことです」

コンデ「I see.（なるほど）、ジャパニーズ・スタイルを受け入れましょう。But this is not a place for people like you.（しかし、ここは民間人が入れる場所ではありません）」
月　島「（無視して）剣戟映画が禁止とはどういうことですか」
コンデ「May I ask you to leave?（出ていっていただけます？）」
金剛地「（月島に）それは私からも説明したじゃないですか」
月　島「納得できないからここに来ている」
コンデ「Get out.」
金剛地「ＭＰ呼ばれたら最悪殺されますよ」

月島一同、ごちゃごちゃと揉めだす。

コンデ「（うんざりして）OKOK、大体理解しました。では改めて私の口からご説明しましょう。（次第にカタコトから流暢になって）ＧＨＱでは日本国の映画をプロデュースする団体に対して以下のポリシーの作品を推奨するものとする。日本兵が好意をもって社会復帰する姿を描くもの。平和国家の建設に尽力する人物を描くもの。従来の官僚政治から脱却し、国民に政治的責任感を芽生えさせるもの。政治問題を自由に討論する姿を描くもの。そして、すべての人権とすべての階級の間に寛容と尊厳を増進するもの！」
月　島「……。」
コンデ「（完全に日本語で）どうです。急に日本語がペラペラになってびっくりでしょう！」
月　島「えぇ」

コンデ「ここからはもうこんな感じでいきますよ」
月　島「のぞむところだ」
コンデ「今、お話したように、私達は、この国の軍国主義を撤廃し、言論の自由を促進すべく指針を示しただけです。これは、戦時中に日本政府が作った映画統制委員会による検閲とは全くの別物です。怒鳴り込まれる筋合いはない」
金剛地「おっしゃるとおりですよ」
月　島「……、」
コンデ「あなた、月島右蔵さんですよね？」
月　島「……え、」
坊　や「さすが先生、知られてますね」
コンデ「申し遅れました、GHQの民間情報教育局映画演劇課のデビッド・コンデです。あなたの映画は資料として拝見しています。数ある忠臣蔵映画の中でも、あなたの〝オペレッタ忠臣蔵〟は特に興味深かった。（暢気なメロディで一節歌って）
♪吉良《きら》さん、吉良さん、どこ行くの？
♪松の廊下で待ち合わせ
♪殿中でござる、殿中でござる
♪おでこに傷をつけましょう」
月　島「はぁ」
コンデ「そして、あなたは国策映画に協力しなかった映画人の一人でもある」
金剛地「よくご存じで。そのせいで戦時中は大変肩身の狭い思いを、」

コンデ「そんなあなたがどうして我々の方針に反対するのか理解できません」
月　島「……、」
金剛地「GHQの指針は評価、納得しています。しかしそれでなぜ剣戟がダメなのか理解ができないのだと思います」
コンデ「例えば、忠臣蔵の世界は、殿様を頂点とした封建主義的価値観に支配されており民主主義に反します。大石内蔵助《おおいしくらのすけ》はしかるべき手順を踏んで裁判をすべきであって、数年もかけて集団で計画的暴力事件を起こすなんて言語道断です」
坊　や「あれ、でも、アメリカ映画のほうが暴力シーンとかいっぱいあると思うんですけど」
コンデ「ハリウッドに暴力描写、性描写があふれるのはヘイズコードが撤廃される１９６８年前後、つまり今から20年後の未来です。時代考証とずれる台詞は慎んでもらいたい！」
坊　や「……すいませんでした」
月　島「では我々に何を撮れと……、」
コンデ「法の範囲内での平和的なチャンバラなら検閲も通るでしょう」
月　島「そんなもの誰が見るんだよ」
コンデ「とにかく企画書とシナリオを英訳して提出してください。あ、こちらの許可したもの以外の映画は撮影すること自体を禁じていますからね」

コンデ、そのまま去っていく。

月　島「結局検閲じゃねぇか」

坊　や「……どうするんすか、先生」

月　島「……、」

金剛地「先生、とりあえず一旦、ここ出ましょう」

金剛地、坊や、去りかける。

月　島「……俺を先生と呼ぶのはお前らだけだな」

坊　や「……そんなことは、」

月　島「いいや、本物の先生ってのは阪妻《ばんつま》に嵐寛《あらかん》に千恵蔵《ちえぞう》のことだろう。俺は歌舞伎の家柄もなにもねぇ、大部屋あがりのベニヤの看板だ」

金剛地「それも立派な看板ですよ」

月　島「世辞はやめろ」

金剛地・坊や「……。」

月島、落ち込んでいるように見えたが……、

月　島「……だがな、……ベニヤの看板のいいところは、いつ捨てても惜しくないし、いつでもまた作れるってとこだ」

坊　や「……と言いますと？」

月　島「なんだってやってきたしやっているしやっていく！。だから民主主義に則った剣戟ってやつ

を撮ってやろうじゃねぇか」

金剛地「その意気ですよ、月島先生！」

月　島「ちゃんと俺を支えろよ。ベニヤはすぐ割れちまうぞ？」

坊　や「全力を尽くします！」

月　島「カッカカッカとしてきたわ。よーし、撮影所に戻るぞ！」

一　同「おー！」

月島、勢い余って壁を突き破って去っていく。

金剛地「(壁の穴を見て) まさにベニヤ……、いや、これは (と改めてセットの壁の材質を確認)。……まさかGHQのビルが発泡スチロールでできているとは……、おっと、哲、早く先生を追いかけるぞ」

が、哲はもう、汁物やの寛一であった。

寛　一「いらっしゃい！」

金剛地「は？」

寛　一「煮ぼうとう、煮ぼうとう、あったかい煮ぼうとうだよ」

その瞬間、舞台は闇市になり、金剛地は杵山になる。

そして汁物やがまた暴力的に現れる。

9. 闇市

今岡がやってきて、

今　岡「あ、いた、いた。いたよー！」

寛　一「ん？」

続けて富美子が現れる。

店の前に、杵山、今岡、富美子が揃った。

杵　山「おい、こいつでいいんだろ？」

富美子「うん」

寛　一「よぉ、富美子じゃねぇか」

杵　山「なんだよ、知り合いだったのか……」

富美子「ちょっと探してるものがあって、寛一に聞けば、」

寛一「ここはなんでも売ってる闇市だからな。きっとあるよ」
富美子「ほら」
杵山「おぉ……！」
今岡「とりあえず、竹ね」
杵山「また食うの？」
寛一「どうも。で？」
杵山「……あぁ、カメラはどこで手に入る？」
寛一「カメラ？、（今岡にお椀を渡し）カメラって？」
杵山「16ミリでも35ミリでもいい」
寛一「映画用か。あー、石王さんとこならあったかな」
今岡「本当に？」
寛一「たぶん盗品だけど」
杵山「構わない、どこだ？」
寛一「……さぁね」
杵山「は？、今、知ってるって……、」
寛一「ここはなんでも売ってる闇市だからな。質問の答えだって売ってるぜ」
杵山「は？」
富美子「情報代くれってことだよ」
杵山「……いいんだけど、どうせ大して払えないから、別のことで恩返しさせてくれないかな」
富美子「ダメだよ、この人、けちだから」

寛一「ま、ない話じゃないな」
富美子「……なに、珍しいね」
杵山「なんでも言ってみてくれ」
寛一「……。(なぜか急に照れだす)」
富美子「ほら、言いなよ」
寛一「富美子が真面目に仕事をしてくれるのが条件だ」
富美子「え?」
寛一「どうだよ」
杵山「真面目にって言われても、仕事が仕事だからな」
富美子「なに、なんなの?」
寛一「知ってんだよ、お前、パンパンのふりした強盗だろ?」
富美子「……生活のためだから」
寛一「生活のためなら、なおさらもっとちゃんとパンパンやれよ!」
富美子「はぁ?」
寛一「な?」
今岡「……君はパンパンの意味をわかって言ってんのか?」
寛一「俺、お前のこと好きだから!、ずっと前から愛してるから!」
杵山「……おぉ、突然の(告白)、」
寛一「だけど女の子なんてどう口説いていいかわからないし、そしたらお前がパンパンになったって噂聞いて、じゃあ金さえ払えば抱けるんだって、必死で残飯集めて鍋で煮込んで売りさばいてさぁ……。」

今　岡「(お椀の中に吐く)」

寛　一「そしたらやれないパンパンだって……、ありえなくない⁉」

富美子「……。」

杵　山「素直に喜べよ」

寛　一「は？」

杵　山「本当に身体売ってるわけじゃなかったって、喜べばいいだろ」

寛　一「いやいや、だから、俺、富美子が好きなんだよ！」

杵　山「うん。だから、」

今　岡「つまり君、ただの肉欲か」

寛　一「肉欲の何がいけませんか？」

今　岡「それは女心をわかってないよ」

富美子「いや、肉欲でもいいと思うよ」

今　岡「……そうなの？」

富美子「……あの、これ、偉そうで言いたくないけど、私、今、この界隈の男達の希望になっちゃってるから」

杵　山「……希望？」

富美子「私だけじゃないね。カスミさんも、他の女の子も……、とにかく男どもが、ひっきりなしに買いにくるからね。金も家もご飯も将来もなーんもないのに、それでも女を買う気にはなるんだって。昼間その辺りで呆然と立ち尽くしてたおじさんが、夜には必死な顔で私達のところ来るんだから。私はそれを見て、夜の顔の方がいい顔だと思ったよ」

寛　一「じゃあ強盗なんかしないで、ちゃんと抱かれろよ」

富美子「でもね。……寛一も私のためにお金稼いでたんでしょ？、だったらまだ手に入らないほうがいいよ。この店がバラックから抜け出して、ちゃんとした構えになるまで、私を糧に頑張りな。それまで、私、摑めそうで摑めない希望でいてあげる」

寛　一「……、」

富美子「私だって抱かれたほうが楽なんだよ。さみしさも紛れるよ。でもね、それはやっぱり東京が元に戻ってからだよね。ここから見える景色のすべてが家やビルや看板建築の商店になった時、私は東京中の頑張った男達のご褒美になってやるんだ」

今　岡「何言ってのるかわかってるのか？」

寛　一「……約束だぞ。俺はいつかお前を抱くために、東京中の残飯を集めては煮込み集めては煮込み、浅草、入谷《いりや》、下谷《したや》、上野、根津、本郷と支店を増やし、俺の店の残飯を集めてはまた煮込んでまた稼ぐ！、まるでお前のための永久機関、この焼け野原を制する資産、を稼ぐ、地盤を、築く、美男、じゃないけど志願をする、お前の恋のお相手。振られたら弱り目。沖縄の友達与那嶺《よなみね》、冬の蜜柑は炬燵《こたつ》で……、」

杵　山「急カーブで話がそれてるぞ」

寛　一「いいな、富美子」

富美子「（うなずく）」

なぜか満足気な若い二人。

寛一「話はついた。ついてこい、カメラの所に案内する」
今岡「……今、話ってついたんですか？」
杵山「さぁ」

が、寛一と富美子が去っていくので、一同慌ててついて行く。

入れ替わるように石王時子が現れる。

舞台はあっというまに闇市の別の一角、とある教会の中にある、石王の店の前だ。

10. 石王の店

石王は柚木灘子やカスミと同じ女優が演じる。

実は女性だが、髭を生やして男として振る舞っている……、ということがわかるのはまだ後の話。

小さな十字架があることでようやく教会とわかるバラック。石王がその十字架の下で歌っている。

石王　♪神ともにいまして／ゆく道を守り
♪天《あめ》の御糧《みかて》もて／ちからを与えませ
♪また会う日まで
♪また会う日まで
♪神の守り／汝が身を離れざれ

寛一が先導して一同、現れて、

寛一「……ここです、ここでカメラ見ました」
富美子「教会のバザー？」
寛一「うまく言えば、あのおっちゃん、タダにしてくれるよ」
今岡「……え、あれ、おじさんなの？」
石王「（唾を吐く）」
一同「（口々に）おっさんだ／おっさんか？／おっさんぽい」
石王「（おじさん的な行為）」
一同「（それについて口々に口を挟む）」
石王「（後ろ向いて立ちションする）」
一同「（口々に）やっぱりおじさんだ！」
石王「……なんだなんだ？」

寛一「おっちゃん」
石王「おぉ寛一か」
寛一「カメラあったよな?、安く譲ってくれないかな?」
石王「……あることはあるけど、」
寛一「この人達が欲しいんだと」
石王「(さりげなく話をそらして) ふーん、じゃあビールは?」
杵山「ビール?」
石王「3ダースほど闇で回ってきたんだ。安くしとくよ」
今岡「……とんだ教会だな」
杵山「いらないよ。それより、」
石王「ビールなら米と交換することもできる。他にも交渉次第で、使い道はいくらでもあるよ」
杵山「いらないんだよ」
石王「着物は?、いつまでも軍服着てるわけにもいかねぇだろ」
今岡「カメラは?」
石王「進駐軍がお土産に着物買いだしてるからな。もう少しでドンと値が上がるよ。投資にどうだい?」
今岡「あるんでしょう?、カメラ」
石王「……あるけど売り物じゃねぇよ」
今岡「え?」
富美子「(寛一に) ちょっと、」

寛一「いやいや、おっちゃんが持ってたって仕方ないだろ？」
石王「……あれは売らねぇ」
寛一「なんで？」
石王「……。（頑なに拒否の表情）」
富美子「答えたくないみたい」
杵山「……とりあえず見せてくれないかな？」
石王「壊れてるんだよ」
今岡「あぁ、そういうことならいいですよ。直して使いますから」
石王「（妙に食いついて）直せるのか？」
今岡「えぇ、うちらプロなので」
石王「プロ？」
富美子「映画屋なんだって」
石王「……映画？」
杵山「……えぇ、」
石王「じゃあ金払うから直してくれ」
寛一「……直したって使えないだろ？」
石王「おぉ」
寛一「じゃあなんで直すの？」
石王「（頑なに拒否の表情）」
富美子「答えたくないみたい」

石　王「イエス様に頼まれたってあのカメラは売らないよ！」
寛　一「……なに、いつももっと優しいでしょう」
石　王「帰りな！」
今　岡「……どうします？」
杵　山「（富美子に）どうだ？」
富美子「は？」
杵　山「どんな匂いがする？」
富美子「今、気にしてどうするの？」
杵　山「ここで粘る価値があるか、お前の鼻で決めてくれ」
富美子「……。」

富美子、石王の匂いを嗅ぐ。

富美子「……いい匂いがするよ」
石　王「なんの話？」
杵　山「よし。……なぁ、おっさん。今はなんだって足りない時期なんだ、ある物は、一番必要としている奴が使うべきだと思わないか？」
石　王「俺よりお前のほうが必要としているってのはどうやって証明するんだよ」
今　岡「……だってあなた素人でしょう？、俺達プロですから」
石　王「それは今、証明しなきゃならないことと何の関係もないよね」

今　岡「……仕事にするくらい、我々のほうが映画に愛情があるってことでしょう」
石　王「どうだろうね」
今　岡「そうですよ！」
石　王「わからないだろ、そんなもの測りようがないし」
杵　山「いや、映画なら測れるな」
石　王「？」
杵　山「感情に目盛を刻むのが映画だよ」
石　王「言ってる意味がわからないけどな」
杵　山「人の感情を撮って切って貼って物語にすることで、その大きさ形がはっきりして寸法がわかる。俺達とあんたのカメラへの愛情の、どっちが上かも映画にすればきっとわかる」
石　王「……ほう」
杵　山「ってことは映画屋なら誰でも知ってることだ。それを知らないあんたがカメラを持ってても宝の持ち腐れだろう」
石　王「……感情の？」
杵　山「寸法がわかる！」
富美子「……あ、もしかして、……誰かの形見とか？」
石　王「……そういうわけじゃないかな」
富美子「あぁ、」

石王、しばし悩んで、

石王「カメラは売れない」
今岡「もう……、」
石王「でも貸してやる」
一同「おぉ……、」
今岡「賃料は？」
石王「タダでいい」
一同「おぉ……！」
石王「貸し出しも雇い賃もタダだ」
一同「おぉー……お？」
今岡「……え？」
石王「ん？」
杵山「雇い賃？」
石王「もタダだ！」
杵山「……誰が、誰を、雇う、賃？」
石王「あんたが、俺を、雇う、賃。がタダ」
杵山「……なんで？」
石王「なんで？」
杵山「なんで？　って？」
石王「俺のカメラだ。誰にも触らせられない。だからあんたらの映画は俺が撮る」

杵山「……撮影をしたことは、」
石王「ない」
杵山「……おぉ」
石王「(膝をついて) 物覚えは早いほうですから。私なんかでよければこき使ってください！」
富美子「……いいんじゃない?、すごい謙虚そうな人だし」
杵山「今、急に謙虚のスイッチが入ったよね？」
石王「監督ぅ！」
杵山「……よろしくお願いします」
石王「では、」

石王、どこからかカメラを持ってくる。

杵山「おぉ……、」

大仰な音楽。
石王、音楽に乗せてカメラを構えてみせる。

杵山「(笑って) いやいや、持ち方が違うのよ。えっとね……、」
今岡「……持ち方っていうか、時代的にはまだまだ手持ちで撮るには重すぎる頃ですから、時代考証とずれるポージングは謹んでいただきたい！」

杵山「……どうした、今岡?、なにもそんな厳しい言い方を……、」
今岡「(ゆっくりとコンデの扮装に)今岡とは?」
杵山「ん?」
今岡「私はあなたと初対面なはずです!」
杵山「……あんた、誰だ!?」

それは今岡ではなくコンデだった。

コンデ「(コンデの扮装をしつつ)生まれはカナダのオンタリオ!、ナイアガラで産湯をつかい、水と森とに育ててもらった幼少期!、20代半ばで帰化したアメリカ!、しがないセールスマンからあの手この手で成り上がって参りました、みなさまお初にお目にかかります。GHQ内CIE課長、デビッド・コンデでございます!」
杵山「……GHQ?」
コンデ「杵山康茂さんですね?、再三の出頭命令を無視し続けていらっしゃる」
杵山「出頭命令?」
コンデ「お迎えに参りました。みなさん、よろしく」
一同「はい!」

一同、その場で警官に代わり、杵山を捕まえる。

杵　山「なにがなにやら……、」
コンデ「あなたには戦争犯罪人としての容疑がかかっています」
杵　山「いや、私は……、」
コンデ「戦時中の映画活動についてお話をお聞かせください」
杵　山「いや、今、せっかくカメラを……、」
コンデ「(一同に) ほら」
一　同「はい！」

一同、コンデに先行して杵山を連れていく。

杵　山「はなせ……、」
警官2「そういう話は警官1にするんだな」
杵　山「は？」
警官2「(少し卑屈になって) 俺なんてどうせ警官2だからな」
杵　山「(無視して) おい、なんとかしろ、今岡ぁ！」

コンデ、あっというまに今岡になって、

今　岡「……杵山さぁーん！」

しかし杵山は連れていかれてしまった。

今岡「行っちゃった……、」

と、そこへ月島が走り込んでくる。

瞬間、そこは撮影所である。

11. 撮影所〜ＧＨＱ本部

撮影中なのか、突然忠臣蔵が展開する。

月島「……待たれよ、吉良殿！」

くわえタバコの灘子が吉良に扮して現れる。

吉良「まだ何か用かな、浅野殿」

月島「只今のお言葉、武士に対しての辱めが過ぎまする。お取り消しいただけなければ、武士の面目が立ち申さぬ」

吉　良「これはご無礼つかまつった。まさか赤穂《あこう》に武士がいるとは思わなんだ。塩に手足が生えたもの、と思い違いをしておった」

月　島「……、」

吉良、笑いながら去っていく。

月　島「……待て、上野介《こうずけのすけ》!!」

月島、吉良を斬りつける。

吉　良「ひぃ！」

坊やの哲が梶川《かじかわ》に扮して現れて、

梶　川「浅野《あさの》殿、浅野殿！（とはがい締めに）」

月　島「お離しください、梶川殿」

梶　川「殿中でございまするぞ！、殿中で……、」

月　島「武士の情け、なにとぞいま一太刀《ひとたち》……、」

吉　良「ええい、田舎武士め……、（と刀に手をかける）」

梶　川「お待ちください！、浅野殿が武士なら、吉良殿も武士。どちらを立てても、武士の誇りに傷がつくことでしょう。（ニヤリと笑って）……そんな時こそ、法律の出番でございます」
月島・吉良「……法律？」
梶　川「吉良殿による浅野殿への、さまざまな虚偽、侮辱は明らかでございます。しかし、いかなる代償を求めるとしても、それは法の範囲内でなければなりませぬ！」
月　島「……なるほど、この国もあたらしい門出に立っている。法律は守らねばならん」
梶　川「（感心して）浅野殿……、」
吉　良「ふう、法律に助けられた。これはいいものだ。町民の者ども法律を守るだけでなく、自ら立法するのもいいやもしれない。それができるのが今の世だ」

コンデが企画書を読みながら現れる。
どうやら月島が提出した、「平和的なチャンバラ映画」の1シーンのようだ。

コンデ「……〝……できるのが今の世だ〟なかなかですよ。ここでいう法律はペリーから学んだことにするとなお良いでしょう」
月　島「……ところで、仮に吉良殿を斬ったとして、いかなる処罰が待っておったのだ？」
梶　川「はい。その点は弁護士に説明させます。おい！」

なにやら場違いな弁護士、登場。

弁護士「ご説明します。現状、故意による殺人が一人ということで、懲役10年ほど、合わせて吉良殿の死体を遺棄した場合さらに3年……、」
月　島「衆人環視の中での刃傷沙汰だ。あえて遺棄などするものか」
弁護士「では懲役10年ほどが予想されます」
月　島「10年か……、」
梶　川「ご理解いただけましたか、これが法律というものです」
月　島「よぉくわかった。この浅野内匠頭長矩《たくみのかみながのり》、一国を預かる者として法には従う。よって、懲役10年の覚悟で以て、吉良を斬る!!!」
コンデ・梶川「は？」
月　島「懲役10年！（と吉良を斬る）」
吉　良「あぁ！」
月　島「もひとつ10年！（斬る）」
梶　川「あぁ！」
月　島「しめて30年！（斬る）」
弁護士「あぁ！」
コンデ「斬っちゃダメ……、」
月　島「……たとえ千年、塀の中に閉じ込められようと、武士が武士であるために斬るものは斬る！、惜しむらくはもう一度、日暮れの播磨灘《はりまなだ》を眺めながら……、」
コンデ「もう充分です！」
月　島「まだ冒頭ですが、」

コンデ「充分です‼」
月島「……以上、〝忠臣蔵デモクラシー〟、企画、月島右蔵、」
コンデ「ガッカリです」

舞台は次第にＧＨＱの本部へと変わっていく。

月島「え？」
コンデ「私の言ったこと、ちゃんと聞いてました？」
月島「……聞いてたよな？」
坊や「聞いてましたよね？」
コンデ「じゃあなぜ、こんな……、」
月島「あなたが法の範囲内での平和的なチャンバラならと、」
コンデ「いや、三人殺してたよね？、まだ冒頭で！」
月島「……、」
灘子「なに、これ撮らせてもらえないの？」
コンデ「残念ですが」
灘子「あ、そう」
月島「……帰るぞ」
灘子「あ、タバコ持ってる？」
コンデ「……（灘子にタバコを渡す）」

灘　子「さんきゅー、べりー、まっち」
月　島「おい、」

と月島が急かすので、灘子と弁護士は去っていく。
哲も一緒に去りかけるが、

坊　や「いやいやいや、せっかく書いたんですから！」
月　島「好きにしろ」
コンデ「企画書はこちらで破棄しますね」
月　島「なんだ!?」
コンデ「月島さん！」

と哲が素早くコンデから企画書を取り上げる。

坊　や「（企画書を見て）……あれ？」
コンデ「（企画書を取り返す）こちらで破棄します」
坊　や「今、なんかハンコが押してあったような……、」
コンデ「（企画書を破く）」
坊　や「あぁ！」
月　島「いいから帰るぞ！」

コンデ「月島さん！、法律に目をつけたのは評価します。よろしければ今度、ＧＨＱの裁判を見学に来なさいな」
月　島「……裁判？」
コンデ「そうだ、ちょうど午後から映画監督の裁判がありますよ」

杵山が暗い顔して現れる。

コンデ「早速ですが、よかったら……、」
月　島「断る！」

と月島、出ていってしまった。
が、すぐに扉が開き、

月　島「あと、謝る！」
コンデ「は？」
月　島「先日、ここの壁を壊した」
コンデ「……あなたでしたか」

月島、扉を閉める。
扉を閉めた瞬間、そこは裁判所だ。

コンデもそのまま出廷している。

12．裁判所

サスの中に立っている杵山。
そこは証言台のようだ。
いつのまにか裁判長も立っている。

コンデ「彼が杵山康茂です、裁判長」
裁判長「あ、うん」
杵　山「あの、どうして私が……、」
裁判長「あ、うん、パシフィックウォー、あなた方の言うところの大東亜戦争における、戦争責任について の裁判になります」
杵　山「わかってます、でもですね、」
コンデ「自由に会話をする場ではない。聞かれたことだけ答えなさい」
杵　山「……。」
裁判長「杵山被告。あなたは戦時中に7本の映画を撮っていますね？」

杵　山「……。」
裁判長「間違いないですか？」
杵　山「日本語は難しいんですよ、撮ったことには間違いないですが、撮られたという言い方のほうがより正しいかと、」
裁判長「(何かをメモっている) ……撮られた、」
杵　山「あ、はい」
裁判長「戦前、あなたは助監督として百本を超える映画に関わっていますね」
杵　山「はい」
裁判長「そのうち監督としては12年で3本だけ、ですね？」
杵　山「……はい」
裁判長「……（何かをメモっている)」
杵　山「(メモが気になり) あの？」
裁判長「(メモをやめて) ところが開戦後最初の2年で7本の映画を監督しています。これは何を意味すると思いますか？」
杵　山「……先輩の監督方が、みなさん徴兵されましたので、私に順番が回ってきたということかと」
裁判長「(何かをメモっている) ……、」
コンデ「あなたの映画、拝見致しました」
杵　山「あの、私は……、」
コンデ「特に戦時中の7本に関しては、明らかに戦争を翼賛し、戦意を高揚させる目的で撮られた映画でした」

杵　山「……、」

コンデ「……〝九段下で逢いましょう〟でしたか。戦地へと向かう子供とその母との別れの一日を描く人情話と見せかけて、巧みなプロパガンダを……、」

杵　山「(証言台から飛び出して）弁明させてください！」

裁判長「ちょっと動かないで！」

杵　山「(慌てて戻って）すいません、私は、その……、」

裁判長「(再びメモを)」

杵　山「(メモが気になり）……さっきから何を」

裁判長「(描いていたものを見せる。メモでなく杵山の似顔絵)」

杵　山「……お上手です」

コンデ「……弁明の続きをどうぞ」

杵　山「確かに私はプロパガンダ映画を撮りました。ただ決して戦争に賛成していたわけではないんです」

コンデ「ではどういった理由で？」

杵　山「……、」

コンデ「理由を明確に述べてください」

杵　山「……明確にするとどうなるのでしょうか？」

コンデ「私にその質問に答える義務はありません」

杵　山「……映画が撮りたかったんです」

コンデ「は？」

杵　山「撮れればなんでもよかったんです。私は長いこと助監督を務めてきました。社内の監督昇進試験に合格したあとも、なかなか順番が回ってきませんでした。だから、撮ることに飢えていたんです。映画の内容に疑問は抱きましたが、もとより内容は会社が決めていたわけですし。それに私は内容よりも、カメラの中でジーカラジーカラと回転するフィルムの音が好きなのです。フィルムにレンズを通した光の加減を焼くのが好きなのです。それらが一秒間に24回、連続するのが好きなのです。……だから内容なんかじゃないんです」

裁判長・コンデ「……」

杵　山「……とはいえ、罪は償います。私の映画のせいで、沢山の人々が戦争に突き進んでいくことになりました」

裁判長「……杵山被告、」

杵　山「私の映画を見たせいで、死ぬはめになった人もいるでしょう。そう思うと私は地獄行きです！。百遍だって地獄に行きます！」

杵山、証言台で泣き崩れそうになる。

裁判長「……あの、判決言っちゃっていいですか？」

杵　山「え？、」

コンデ「次が控えてるので」

杵　山「（涙を拭いて）……あぁ、じゃあ、はい」

裁判長「判決……、」
杵山「ちょっと待ってください、心の準備が……、」
裁判長「無罪」
杵山「……は？」
裁判長「あ、間違えた」
杵山「あぁ……、」
裁判長「被告、杵山康茂を……、」
杵山「はい」
裁判長「無罪とする」
杵山「……はい？」
裁判長「無罪です」
コンデ「では次の被告……、」
杵山「……無罪ってことはないでしょう？」
コンデ「ほら、退廷して」
杵山「え、無罪？」
裁判長「だから無罪です」
杵山「アメリカの人が言う無罪というのは、日本では……、」
コンデ「同じです。あなたは無罪なんです」
杵山「わぁお……、ありがとうございます!、…………ありがとうございます!!!」
裁判長「あなたの映画には、何か責任を求めるほどの訴求力がありませんでした。よって無罪とします」

杵　山「あ、はい!、え?、なんかポーってなっちゃって、ちょっと意味がわからなかったですけど……、」

裁判長「影響力がないとも言えます」

杵　山「……え?」

裁判長「あなたの映画を見て、戦争意欲をかき立てられた国民はいないというGHQの判断です」

杵　山「……。」

コンデ「では退廷してください」

杵山、動かない。

コンデ「……ほら早く」

杵　山「(顔色を変え) ……ちゃんと見たんですか?」

コンデ・裁判長「(顔を見合わせる)」

杵　山「どこまで日本語が堪能なんですか? 翻訳したのは誰ですか? 字幕ですか?、吹き替えですか?」

裁判長「退廷してください」

杵　山「いやいやいやいや!、俺の映画は、〝一億抜刀、米英打倒!〟と血が湧くような映画になっていたはずです!」

裁判長「そうとは思えません(去ろうとする)」

杵　山「殺したんです、俺は映画で人を殺してしまったんです!」

裁判長、去っていく。

杵　山「ちょっと!　裁判長!、……裁判長‼」
コンデ「……杵山さん、残念ながら、無罪なんです」
杵　山「……。」
コンデ「そして、それはあなただけじゃない」
杵　山「え?」
コンデ「この国の映画関係者で罪に問われたのは、製作会社の上層部の中のさらにごく一部だけです。……あなた自身で言ったでしょう、撮らされたと。」
杵　山「それとこれとは……、」
コンデ「あなたに責任を負わせるほどあなたの映画はあなた自身ではなかったということでしょう」
杵　山「……。」

音楽。
コンデが去っていき、そこはそのまま立ちんぼのいる路地裏になる。

13．路地裏〜さまざまな場所

いつもの暗がりで男娼のアザミが客を取ろうと、立っている。

アザミ「……ねぇ、」
杵　山「……。」
アザミ「そこの人、」
杵　山「……？」
アザミ「……？、あぁ、こないだの、」
杵　山「……あぁ、」
アザミ「ずいぶんな顔しているね。そういう顔した男が、売れ残りの男を買うってのも物語だよ。……どう？」
杵　山「……、」
アザミ「（返事がないので舌打ち）……商売の邪魔だよ（あっち行けと身振り）」
杵　山「……君は映画を見るの？」
アザミ「なに急に」
杵　山「どんな映画が好き？」
アザミ「……あぁ、そういう会話から始めたい人？、いいよ。せっかちな奴は私も嫌い」

アザミ、杵山のところまで駆け寄っていく。

杵　山「教えてくれ。何が見たい?、俺に何を撮って欲しい?」

アザミ「え?」

杵　山「違うな。それじゃ今までと同じだ。……俺は何を撮ればいい?」

アザミ「……うーん、何か悩んでるのはわかった。よし、タダにしておくよ。私を抱きな。気分が晴れるよ」

杵　山「……、…………………、…………。」

アザミ「嫌な間……、」

杵　山「違う。君に恥をかかせるつもりはないけど、」

アザミ「映画の話がしたいのね。はいはい。えー、私が見たいのは、……ま、その時々だけど、やっぱり恋愛映画だね」

音楽。

別エリアに、月島と灘子が現れる。

以降、舞台上には音楽に乗せて次々と〝どこか〟が現れ、会話が展開する。

月　島「恋愛映画?」

灘　子「どう?」

月　島「……月島右蔵がやることじゃない」

灘　子「聞かれたから答えたんだよ」
月　島「もっとマシな答えを期待して聞いたんだよ」
灘　子「……。」
月　島「……女に聞くのが間違いだった」
灘　子「そういうことを言わない男が出てくるやつね」
月　島「は？」
灘　子「なんだか偉そうだったり、無口だったり、そんな男をお慕い申し上げますって女ばっかり演じてきたけどね、もっと向こうの役者さんみたいなことできないの?、たまにはあんたのほうからイッヒ・リーベ・ディッヒくらい言ってみなよ」
月　島「(鼻で笑う)」
灘　子「それが民主主義ってもんでしょう」
月　島「なんでアイラブユーが民主主義なんだよ」

最初のエリアに戻る。
杵山とアザミの会話に富美子が加わっている。

アザミ「なんでって言われてもそりゃみんな恋愛に飢えてるから」
杵　山「そういうもんか……、」
富美子「そうだよ、そう言ったでしょ」
杵　山「……いつ?」

アザミ「ねぇ、」
富美子「金も家もご飯も将来もなーんもないのに、」
杵　山「……その話か、」
アザミ「ねぇ！」
富美子「で、裁判はどうなったの？」
杵　山「あ……、」
アザミ「ねぇ！、私が相談に乗ってたの！」
富美子「うるさい！」
杵　山「いや、聞いてたよ。君は恋愛映画が見たいんだろ？」
アザミ「ただの恋愛映画じゃないの。女のための恋愛映画」

別エリア。
月島と灘子の会話にコンデが加わっている。
一同歩きながら、

月　島「女のための？」
灘　子「そう」
コンデ「確かにこの方のおっしゃる通り。この国の映画で描かれる恋愛はとても歪《いびつ》です」
月　島「……？」
コンデ・灘子「男のほうから口説かない」

月　島「……、」
灘　子「これからは女も男に口説かれる権利があるよ。民主主義だもんね」
コンデ「えぇ」
月　島「……待て、そもそも女ってのは映画を見るものなのか？」
灘　子「……これだよ！」
コンデ「……この分じゃ、何回企画書をお持ちになられてもハンコは押せませんよ」
月　島「……いやいやそれは困る」
灘　子「こっちも困るよ。このままじゃおまんま食い上げだもん」

　別エリアにて。
　先ほどの灘子は歩くうちにカスミになって、杵山達の会話に加わる。

アザミ「おまんこ野郎がちょろちょろしないで！」
カスミ「……怖い」
富美子「カスミをいじめないで」
カスミ「富美子ちゃん……、」
アザミ「これは私が解決する話なの！」
杵　山「いや、まぁ、みんなに相談したいことだけど、」
アザミ「……なに、あんたも結局、女がいいの？」
杵　山「男とか女とかじゃない。俺が、今、撮るべき映画は何なのかというね、」

カスミ「難しい話？」
富美子「鼻で決めてあげようか？」
杵　山「あぁ！、……いや、でもどうやって」
アザミ「ちょっと！、また女に相談⁉」
杵　山「うん、だからね、」
アザミ「私だってね、尻込みされるのは最初だけ。一度抱いたらみーんな通ってくるんだよ」
杵　山「……は？」
アザミ「私に溺れさせてあげる！」

アザミ、杵山を抱きしめる。

杵　山「……温かい」
坊　や「温かいでしょう……、金剛地さん！」

抱き合った瞬間、杵山とアザミ、金剛地と坊やの哲になる。

金剛地「哲！」
坊　や「金剛地さん！」

別エリアから月島、やってきて、

月　島「なぜ抱き合っている！」
金剛地「なぜって、先生が撮る映画が決まったからですよ！」
坊　や「そうですよ！」
月　島「決まってない、まだ迷ってる！」
金剛地「いいじゃないですか、恋愛映画。ベニヤの次の挑戦は、恋愛映画というわけですよ！」
月　島「しかし恋愛映画では、一体誰を斬ればいい？」
金剛地「人は斬らなくていいんです」
月　島「……金剛地、この世に人を斬らないで済む映画などあるのだろうか」
金剛地「ありますあります沢山あります」
坊　や「それに恋愛映画でも斬るものありますよ」
月　島「ん？」
坊　や「女心です」
金剛地「あなた、生意気なこと言うようになったのね」
坊　や「金剛地さんが、僕の魅力に気付いてないだけですよ」
金剛地「は？」

瞬間、坊やの哲、アザミになって、

アザミ「私に溺れさせてあげる！」

アザミ、金剛地にキスをする。
その瞬間、金剛地は杵山に。書き忘れたが、次々と役が変わるたびに、できる限り衣装も変える努力をしていただきたい。

音楽。
今岡、現れて、キスをしている杵山とアザミに気付く。

今岡「……杵山さん⁉　なにしてるんですか？」
杵山「今岡か！」
今岡「ようやく帰ってきたと思ったら……、」
カスミ「（富美子に）……どういう意地を張ってんだろ」
富美子「……、」
今岡「……あの、ちょっと、いい加減に（杵山を引き離そうとする）」
杵山「止めるな！」
今岡「え？」
杵山「このままでいい！」
今岡「……えぇ⁉」
杵山「今岡、俺は、今、俺の身体の中を駆け抜けているものの正体を確かめている」
今岡「身体の中を……？」

杵　山「あぁ、そいつが身体のどこかをノックしてきやがるせいで、ドズン、ドズンと鳴っている」
アザミ「知らないのかい、その、鳴ってるやつが、俗に言う心ってやつだよ」
杵　山「心……、俺は自分の心が身体のどこにあるのかを今、初めて知った！」
今　岡「どこですか！」
杵　山「ここ（心臓）とここ（股間）！」

杵山の股間が隆起する。

今　岡「そことそこ!?」
アザミ「気分はどう？」
杵　山「（勃起したまま）ぬくもっている！、あったかい！」
富美子「そうだよ、人と人がつながればあったかいよ。どんなに心の冷たい奴も身体だけはあったかいからね。東京に爆弾落とした奴だって、触ればきっとあったかいんだ。生きてる奴はあったかい。それがキスとなれば、なおさらだよ」
杵　山「……。」

アザミ、寛一になって、

寛　一「……やらせない女にわかるのかよ」
富美子「寛一！　……客にやらせてないからって何も知らないわけがないでしょうが」

寛一「……そんな、」
月島「哲！」
石王「（カスミから石王になって）杵山さん！」
坊や「（寛一から坊やの哲になって）なんでしょう、先生！」
杵山「なに、石王さん」
月島「（哲に）そのお前の言う女心、どうやって斬ればいい⁉」
石王「（杵山に）そのドズン鳴るあったかいやつはフィルムにも映るのかい？」
坊や「（月島に）坊やの俺にもそうやって教えを乞う先生が好きです」
月島「いいから教えろ！」
杵山「……映るよ、石王さん。映るし、それ、撮りたいよ、俺」
石王「でも、どうやって？」
コンデ「それはやっぱりキスじゃないですか、」

今岡、いつのまにかコンデになっていた。

一　同「デビッド・コンデ！」
コンデ「かねてより、この国の映画ではキスをしないのが不思議でした。鮮烈なキスシーンは、女心を打ち抜くでしょう」

杵山、金剛地になって、

金剛地「お言葉ですが、キスをしてないわけではありませんよ」
一　同「金剛地さん！」
金剛地「ただ、そういう秘め事を直接見せずに、いかに演出するかが奥ゆかしさであり……、」
コンデ「秘め事?、誰に対して秘めるのです!、家のため?、一族のため?、男側の理屈のため?、そんなものが動機の行動は忌むべきものです。この国の恋愛はこの国の問題の象徴だ。それを映画で変えましょう。自由恋愛を広めるのです。そのためにキスをする映画を撮りなさい。……ここまでを訳してください、サカタさん」

月島、サカタになって、

サカタ「……あ、今ので充分伝わっていると思いますが、」
一　同「サカタさん！」

石王、裁判長になって、

裁判長「では退廷してください！」
一　同「裁判長！」

富美子、弁護士になって、

弁護士「ご説明します」
一　同「弁護士さん！」

コンデ、誰かになって、

知らない人「ちょっと熱っぽいんで、早退したいんですけど」
一　同「……誰⁉」
石　王「で、どうやって？」
杵　山「……今、起きたことをそのまま撮る」
富美子「それってつまり、」
杵　山「キスを撮る」
月　島「キスを撮るのか」
金剛地「キスを撮るのね」
今　岡「キスを撮りますか」
灘　子「いいじゃない、キス」
一　同「（同意の一言）」

なにやら爆発音。

月　島「いやでも……」
灘　子「毛唐にできて月島右蔵にできないわけがないでしょう」
月　島「……」
灘　子「ね、撮ってみようよ、この国で一番最初のキスをさ」
月　島「一番最初……」
杵　山「……しかし、頭の固い連中に卑猥だと言われるのは目に見えてる」
富美子「言ったろ?、卑猥で結構。どっこいしょって時には下半身をふんばるんだから。この国の下半身に、希望を振りまくいい機会だよ」
コンデ「くれぐれもポルノにならないように」
月　島「やってやるか……」
杵　山「あぁ、俺の中にあるものを撮って、映画を俺自身にしてやる。……それもこれも君のおかげだ。礼を言う。……いない?」

アザミ役の役者、今は寛一を演じている真っ最中。

寛　一「どうした?」
杵　山「いや、さっきまで、ここに……、その、俺にキスをしてくれた、黒木《くろき》華似《はる》の男娼が……」
寛　一「は?」
石　王「そうと決まったら、さっさとカメラの扱いを教えてくれよ!」
金剛地「さ、はりきって月島先生を支えましょう!」

一同、ガヤガヤと去る。
コンデとサカタだけが舞台に残る。

コンデ「……どう思いましたか、サカタさん」
サカタ「ずいぶんとやる気でよろしいかと」
コンデ「はい。単純な奴等です」
サカタ「……、」
コンデ「彼らとは価値観が違います。とはいえ対立は何も生まない。お互いに妥協する点を見つけ、協力して一緒に進んでいく……、」
サカタ「正しいやり方だと……、」
コンデ「……ように思わせる」
サカタ「え?」
コンデ「そうして目指す目的地は、我々の欲する場所です。彼らはただ誘導されているだけ。それでも自分で選択し、自分の足で進んでいると思っている。そうして手に入れた自由なら、さぞ大事にしてくれるでしょう」
サカタ「……はぁ、」
コンデ「そんな顔をするな。私はこの国に素晴らしい価値観を根付かせようとしているだけだよ」

コンデ、去っていく。

サカタ「……。」

サカタはしばらく、コンデの去っていったほうを見ていた。そして小さくため息をつく。

暗転。

14．ロケ地A

明転すると、まだまだ荒涼とした東京の街角。
そこで今岡、富美子、寛一、石王が撮影の準備をしている。今岡の手にカチンコ。
カメラは三脚に立てられている。
準備をしつつ、一同、向こうで進駐軍と話している杵山を見ている。

今岡「……わかった？」
寛一「うん。……で、そのアフレコってのはなんだよ」

今　岡「だから今、説明したろ?」
寛　一「わかんねぇよ」
今　岡「最悪、台詞は全部あとで俺の声で録るから、安心して大根やれってことだよ」
富美子「……私の声も結局あんたの声になるの?」
今　岡「あんたの声はあんたの声で録ればいいだろ」
寛　一「どうして富美子と俺とで、声が変わるんだよ」
今　岡「音声はアフレコにするからだよ。機材もないし」
富美子「……で、そのアフレコってのはなんなの?」
今　岡「だから……、（向こうに呼びかけて）杵山さーん!」
富美子「……なにしてんだろ」
石　王「おう、（レンズを回して）なんでここ回るんだ?」
今　岡「動かさない!、……もう絞りは合わせたんで、」
石　王「……勝手に触ったってことか?」
今　岡「……、」
石　王「全部俺がやるから、ちゃんと教えてくれよ」
今　岡「……難しいんです」
石　王「約束だろ?」
今　岡「教える約束なんてしてませんよ」
石　王「俺が撮るって約束だ。教えてくれなきゃ果たせない約束だろ」
富美子「教えてあげなさいよ」

今岡「……簡単に言うなよ」
石王「俺はちゃんと撮りたいんだよ」
寛一「……物覚えはいいの？、前職はなに？」
石王「……エレベーターボーイだよ」
寛一「は？」
石王「なんで笑うんだよ」
寛一「女の仕事だろ？」
石王「この野郎……、」

と揉み合う石王と寛一。

今岡「ちょっとやめろ！」
富美子「うん、やめるわ！」

なぜか富美子が去りかける。

今岡「なんでなんで、……あんたに言ったんじゃない！」
寛一「じゃあ俺がやめるよ」
今岡「喧嘩をやめろと言っただけで、役者をやめろとは言ってない！」
石王「さっきから物わかりが、」

寛一「悪いんだよ。よく言われるよ」

と再び揉み合いかけるが、
今岡がなにやら自分の中の怒りと格闘し始める。

今岡「……!!!」

今岡、奇声を発しながら、ひとしきり大暴れ。

一同「……?」
今岡「(ようやく落ち着いて)……みなさん、落ち着いてください」
富美子「今のはなに?」
今岡「職業病です。いつも現場に怒りをぶつける相手がいないから、自分で自分にぶつけて解消してんだよ」
石王「……大変だな、助監督って」
今岡「いいんです。そういうものだから」
富美子「人手が足りないんだから、監督に手伝わせれば?」
今岡「いいんです。そういうものだから」
寛一「でもいつも奴隷みたいだぞ」
今岡「……、」

富美子「……寛一」
寛　一「まぁ奴隷は言い過ぎだけど、」
今　岡「……（指でフレームを作り）こうして区切ってできた世界がほんとの世界で、それ以外のことは夢だから。夢の世界で奴隷だろうがなんだろうがどうでもいいよ」
富美子「……？、普通逆じゃないの？」
今　岡「でも、魚は水の中にいるのが普通だろ？」
富美子「（わかったふうにうなずくが）……どういうこと？」
石　王「あとで説明してやる」

そこへ、杵山が戻ってくる。

杵　山「よし、話はついた。撮るぞ。台詞は入ったか」
富美子「何の話がついたのよ」
杵　山「いいか、君達は姉弟という設定だ。今、父親の形見を取り返すためにここにいる」
富美子「（台本を取り出し）……そんな話だった？」
杵　山「（台本を取りあげ）……進駐軍の撮影隊が見えるな。自分達がどんな風にこの国を打ち負かしたか記録を撮っている。その脇の木箱が見えるか？、あの中に形見が入ってる」
寛　一「（台本を）形見って？」
杵　山「……木箱だ」
富美子「箱が形見なの？」

杵　山「立方体の好きな父親だった」
富美子「なにそれ」
杵　山「なにそれ？　と客の興味を惹きつけたら成功だ。さぁ、いくぞ」
寛　一「いや、まだ全然わからねぇよ」
杵　山「進駐軍に見つからないように、箱を取ってくるだけだ。彼らも話はわかってる。演技で脅してくるかもしれないが、怯えず一目散に逃げろ」
富美子「……面白くなさそう」
杵　山「石王さんは合図をしたら釦《ボタン》を押す、いいな？」
石　王「……徐々に詳しく教えろよ？」
杵　山「よし、今岡、カチンコ」
今　岡「あ、はい」
富美子「もうやるの？」
杵　山「そうだよ。……今岡！」
今　岡「あ、はい。えーシーン1、カット1、冒頭。街角……」
杵　山「よーい、はい！」

カメラが回りだす。

寛　一「……え？」
杵　山「行け！」

富美子「……やるだけやろう」

富美子、寛一、進駐軍に向かって去っていく。

杵　山「……あぁ、もう、もっとコソコソ、忍び足ができないもんかね」
今　岡「……あれ、……杵山さん、この音……、」
杵　山「どうした？」
今　岡「……あぁ！、すっかり忘れてました。これ、フィルムが入ってません！」
石　王「ん？」
杵　山「そりゃそうだよ。カメラしか手に入れてないんだから」
今　岡「……いやいやじゃあ、」
杵　山「フィルムは今、あいつらが盗ってくる」
今　岡「は？」

遠くで銃声。

今岡・石王「……!?」
杵　山「よし、カメラを担げ。逃げるぞ」
今　岡「は？」
杵　山「早く、殺されるぞ！」

今岡「あ、はい！」

今岡、慌ててカメラを担ごうとするが、

石王「触るなって」

杵山「早く！」

と、富美子、寛一、箱を抱えてやってきて、

富美子「どうなってんだよ！」

杵山「大事に運べ！、行くぞ」

寛一「は？」

一同、慌てて逃げていく。

と、そこへ月島が追いかけてきて、

月島「……待たれよ、吉良殿！」

と言った時にはもうそこは撮影所だ。

15. 撮影所～ＧＨＱ本部

石王、吉良に扮した灘子になって、

吉　良「まだ何か用かな、浅野殿」

月　島「只今のお言葉、武士に対しての辱めが過ぎまする。お取り消しいただけなければ、武士の面目が立ち申さぬ」

吉　良「これはご無礼つかまつった。まさか赤穂に武士がいるとは思わなんだ。塩に手足が生えたもの、と思い違いをしておった」

月　島「……、」

吉良、笑いながら去っていく。

月　島「……待て、上野介《こうずけのすけ》!!」

月島、吉良を斬りつける。

吉　良「ひぃ！」

　背中から一太刀。
　そして、吉良が振り向いたところを、キスする。

吉　良「……！」

　坊やの哲が梶川に扮して現れて、

梶　川「浅野殿、浅野殿！（とはがい締めに）」
月　島「お離しくだされ、梶川殿！」
梶　川「殿中でございまするぞ！、殿中で……、」
月　島「武士の情け、なにとぞいまひと接吻……、」
吉　良「ええい、田舎武士め……、舌まで入れおって……、（照れて）もう、」
梶　川「吉良殿もはにかんでおられる場合ではありませんぞ！」
吉　良「……しかし今のは浅野殿から、」
月　島「……武士が接吻をする時は、死ぬも生きるも命がけ、千代田の城の奥深き、あぁ松の廊下に、恋せよもののふと風が吹く！」
梶　川「ご乱心！　ご乱心！、浅野殿がご乱心！」

武士が二人、現れる。

武士1「……これは一体、」

梶　川「やむを得ぬ、抜け！」

武士1・2「は！」

武士1、月島に斬りかかる。
月島、受けて、かわしてキス。

武士1「……お、」

武士2、月島に斬りかかる。
月島、受けて、かわしてキス。

武士2「……あ、」

梶　川「かくなる上は……、」

と抜きかけた梶川に手裏剣のように投げキス。

梶　川「……う！」

月島と吉良、対峙して、

月　島「……吉良殿、」
吉　良「浅野殿、」
月　島「上野介、」
吉　良「……長矩、」

武士1がゆっくりと立ち上がるとコンデになっている。
手に企画書。

コンデ「もう充分です」
月　島「まだ冒頭ですが、」
コンデ「充分です！」
月　島「……以上、〝忠臣蔵セレナーデ〟、企画、月島右蔵……、」
コンデ「月島さん。私の言ったこと、ちゃんと聞いてました？」
月　島「……聞いてたよな？」
灘　子「なに、これ撮らせてもらえないの？」
コンデ「残念ですが」

コンデ、去っていく。

コンデ「……ちなみに今週は5つの企画に認可を出しました。……では」

武士2、立ち上がって金剛地になる。

金剛地「先生……、」
月　島「……言うな」
金剛地「……。」
月　島「……俺はこれでも必死だよ」
一　同「……。」
灘　子「……認可の下りた5つの企画ってのはどんな映画だろうね」
月島・金剛地「……。」
灘　子「恋愛映画だとしたら?、先は越されたくないよね?」
月　島「……そんな競争に興味はない」
金剛地「……いいえ、この金剛地、月島右蔵のベニヤに金箔文字で〝一番最初〟と筆書きさせると心に決めております。その筆は、今まで先生がつまみ食いしてきた女優のおけけを集めて作るとまで決めております。その際は、僭越ながら私のおけけも、(とチン毛を抜いて)一本だけ混ざらせていただくことも決めております。先を越されたくありません」
月　島「……金剛地、」

金剛地「はい？」
月　島「心の中で決めたことは、心の中に秘めておきなさい」
金剛地「……はい」

月島、灘子、去っていく。
残された金剛地に寂しい風が吹き、手の中のチン毛を吹き飛ばしてしまった……。
泣きそうな金剛地……。
そこへ、富美子と寛一が現れて、舞台は杵山組の撮影現場になる。

16．ロケ地B

先日とはまた別の、街角で杵山組が撮影をしている。
富美子と寛一による劇中劇。
富美子は談志のようにシーシー言いながらの芝居。
寛一はカメラをチラチラ見ながらの芝居。

寛　一「……だからって（チラリ）残飯を煮込んで出すなんて（チラリ）、」

富美子「元は残り物だとしても、（シー）、苦労と工夫を重ねて、こうして美味しく食べられるわけでしょう。（シー）、それもこれもお腹を空かせたみんなのために、」
寛　一「だとしても（チラリ）、こんなもの（チラリ）、犬の餌だね（チラリチラリ）」
富美子「（シー）犬の餌？」
寛　一「犬の餌だ（チラリ）」
富美子「……（シーシー）ちょっと待って。（シーシーシー）いくらなんでもそれは……、」
寛　一「ははは、（チラリ）ひどいか（チラリ）？」
富美子「ううん、（シー）短い」
寛　一「……短い？」
富美子「そんな短い言葉で私の煮ぼうとうを侮辱できると思ったら大間違いだね（シー）」
寛　一「……はぁ？」

二人の芝居、止まる。

杵山と今岡、カメラを覗く石王が現れる。

今　岡「……監督？」
杵　山「……あぁ、……カット！、ＯＫ！」

が、石王はカメラを回し続ける。

今岡「オッケー出たよ！」
石王「聞こえてるよ」
今岡「(カメラを止めて) カットがかかったらすぐ止める！」
石王「……触るなって」
今岡「フィルムがもったいないから！」
富美子「……ねぇ、なんで私が煮ぼうとう屋なの？」
今岡「監督に聞いて」
寛一「犬の餌って自分の言うの、気分が悪いんだけど」
今岡「これはお話だから、」
富美子・今岡「(口々に不満)」
杵山「……、」
今岡「……監督から言ってくださいよ」
杵山「……。」
今岡「杵山さん？」
杵山「……芝居をする。それを撮る。……っていう、当たり前に感謝したくなっちまうなぁ」
今岡「……はい」
杵山「とはいえフィルムに限りはある。石王さん、気をつけて」
石王「おう」
杵山「(富美子と寛一に) 自分自身を演じるより、身近な人を演じるほうがうまくいくことが多い。普段からお互いをよく観察して、演技に取り入れろ」

富美子・寛一「……。」

杵山「あと寛一はカメラを見る癖をやめろ」

寛一「見てねぇよ」

杵山「富美子はあれだ、台詞の途中でシーシー言うの、やめろ」

富美子「呼び捨てにすんなよ」

杵山「……富美子さんは、台詞を言う前に……、」

富美子「一度言えばわかるよ」

杵山「……、」

石王「俺はカットと言われたらすぐ釦を押す」

杵山「そうです。ありがとうございます」

石王「物わかりがいいふりをするのは得意なんだ」

今岡「(カチンときて)……石王さんさぁ、」

杵山「いいから」

石王「次はピント送りってやつを覚えたいので、そういう場面を撮らせろ」

今岡「あなたの勉強のために撮っているわけではありません」

石王「(頑なに拒否の表情)」

今岡「その顔やめろ!」

杵山「じゃあ、今のシーン、もう一回……、」

今岡「フィルムが足りなくなります。次行きましょう」

杵山「でも……、」

今　岡「監督」
杵　山「……よし、次のシーンいくか。台詞は入ってるな?」
富美子「やってみないとわかんないよ」
杵　山「女が男を徹底的にやり込める流れだ。そのことで逆に男は女に惹かれていく。大事なシーンだぞ」
富美子・寛一「……。」
今　岡「じゃあいくよ。シーン3、カット2、出会いの喧嘩」
杵　山「よーい、はい!」

カメラが回りだす。

寛　一「……はぁ?、犬の餌は犬の餌だろ(チラリ)」
杵　山「見るな!」
寛　一「……それ以上、言いようがない」
富美子「それはあんたに学がないだけ(ベロベロ)、どうせならもっと多彩な言葉回しで侮辱してみなよ!(ベロベロ)」
杵　山「なんか違う癖が出てるぞ!」
寛　一「言うは易しだな」

富美子、シラノ・ド・ベルジュラックのように、富美子「例えば、文学的に」

寛一「ん？」

富美子「〝その煮ぼうとうのスープときたら、茶色、こげ茶色、茶褐色、黒褐色、濃褐色、枯れ葉色、たぬき色、馬のたてがみ色と、世の中にはさまざまな茶色があることを教えてくれた〟」

寛一「は？」

富美子「宗教的に侮辱。……〝この味は神が与えし、乗り越えるべき試練なのであろう〟」

寛一「……。」

富美子「もっと無邪気に侮辱。……〝どうしたらおじさんみたいに泥を食べられるようになりますか？〟」

寛一「……あのな、」

富美子「懇願するように侮辱。〝これを食べろなんてあんまりです。せめて、あなたの足の裏を舐めさせてください！〟」

寛一「……。」

富美子「舌の立場から侮辱。……〝おい、こっちへ寄るな！　鍋へ帰れ！〟」

寛一「……。」

富美子「医者として侮辱。〝これが食べられる？、味覚、嗅覚、視覚に異常があるようですね〟」

寛一「……いい加減に、」

富美子「旅行記として侮辱。〝その地方ではみな、見たことのない汁物を器から口へと運んでいたが、とても食べ物とは思えない代物だったので、古来より伝わるなにかの儀式なのだと思う〟」

寛一「……。」

富美子「啖呵売《たんかばい》として侮辱。〝さぁ寄ってらっしゃい見てらっしゃい、一時足をお止めになっても困ったことには成田山。もらっていってよ、お婿さん。白無垢目をむく度肝ぬく。こんなにまずい煮ぼうとうは土産話にもってこいだよ〟」

寛一「……。」

富美子「……さ、あんたの番だよ」

寛一「……参りました」

杵山、今岡、顔を見合わせて、

杵山「……カット！、オッケー！」

一同、喜びの声をあげてワイワイと盛り上がる。

そんな中、明かりが変わり……、そこは月島組の撮影所だ。

17. 撮影所

ここは撮影所の一角の、月島の事務所。
マイク・サカタがドアを開けて入ってくる。

サカタ「……あの、ごめんください」

返事がない。

サカタ「……月島右蔵さんの事務所でいいんですよね?」

そこへ坊やの哲が現れる。

坊　や「……?」
サカタ「あ、そこのお兄ちゃん、」
坊　や「……え?」
サカタ「お兄ちゃん、ここの人?」
坊　や「(いぶかしがって)……俺に弟はいないはず」
サカタ「そういう意味のお兄ちゃんでは……、」

坊　や「金剛地さーん！」

金剛地、やってくる。

金剛地「なに？」
坊　や「僕に弟ができました！」
サカタ「誤解です」
金剛地「でしょうね。何か？」
サカタ「……月島さんは？」
金剛地「今、映画の企画書を書いていまして、失礼ですが面会は難しいかと……、」
サカタ「その、企画書の件でお伝えしたいことが……、」
金剛地「……と、言いますと？」
サカタ「あ、マイク・サカタと申します。普段はデビッド・コンデの通訳を務めています」
金剛地「あぁ……、ＧＨＱの。コンデさんにはご迷惑をおかけしちゃって、でも次こそ期待に沿えるような……、」
サカタ「あの人はどうかと思います」
金剛地「……は？」
サカタ「だって、あの人には、企画を認可する権限はありませんから」
金剛地「え？、でも……、」
サカタ「映画や演劇を管理する立場にはありますが、認可の判断までは……。ただの課長ですから」

金剛地「どういうこと……」
坊　や「あの、こないだ先生の企画書にハンコが押してあったんです。何のハンコかわからなかったんですが……」
サカタ「認可の下りたハンコでしょうね」
坊　や「やっぱり！」
サカタ「あの人は認可の下りた企画でも、気にくわないものは握り潰しているんです」
金剛地「何のために⁉」
サカタ「主義、主張のためでしょうか……」
金剛地「……あなたの言うことが本当だとして、それはＧＨＱの中で解決していただけないのですか？」
サカタ「私も仕事は失いたくないもので……」
坊　や「でも、そんな勝手なことをしてたら、ＧＨＱにばれるのも時間の問題……」
サカタ「えぇ」
坊　や「じきに軍をクビになって日本で新聞記者として就職、そこでＧＨＱ批判を展開し、国外退去処分を受けてアメリカに帰国、その後再来日して、何冊か本を出版したりするわけですね⁉」
サカタ「あああ……」
金剛地「……どうなされました？」
サカタ「そんなに先の話をすると……」
金剛地「すると？」
サカタ「あの男が現れます！」

なにやらアタック音とともにコンデ、現れて、

コンデ「……私が国外退去になるのは2年後、再来日は19年後の話です!、時代考証とずれる発言は慎んでもらいたい!」

坊　や「すいません!」

コンデ「そして、この国の映画会社に次々と労働組合を作らせたという事実もお忘れなく!」

金剛地「……自分の功績に執着するその様子、先生の企画を握り潰したのも、廉直な理由からではありませんね?」

コンデ「私の言う通りにしていれば、真に自由な国家の建設へと導いてやろうと言っているのだ」

金剛地「ご自分の発言の中の矛盾に気付いておられないようですね」

コンデ「……吠えるな、黙れ」

コンデ、銃を抜く。

金剛地「ちょっと!?」

サカタ「おやめください!」

コンデ、撃つ。

電灯に当たり、割れる音。

辺りが真っ暗になる。

一同、「暗い」など、騒ぎだす。

以降、暗転中の芝居。それぞれ声だけで演じ分ける。例えば、コンデを追い回す月島と、コンデを守ろうとするサカタを同時に演じながら……、

月　島「(笑い声)」
コンデ「誰だ……?」
月　島「……話はすべて、このベニヤが聞かせてもらったわ！」
金剛地「先生！」
坊　や「いつのまに！」
月　島「報いは受けてもらうぞ、デビッド・コンデ！」
コンデ「……なんだ、なんだ、サカタはどこだ?、サカタ、助けてくれ！」
サカタ「落ち着いてください、デビッドさん！」
コンデ「どこにいる?」
サカタ「こっちですよ！」
コンデ「どこですか！」
月　島「どこだコンデ！」

ＳＥ、刀を振り下ろす音。

コンデ「ひー！」
サカタ「大丈夫ですか、デビッドさん⁉」
コンデ「刀がかすりました」
金剛地「先生、ダメですよ！」
月　島「いいや、俺は許さん！」
金剛地「哲、先生を止めろ！」
坊　や「はい！」
金剛地「バカ、それは私の手だ！」
坊　や「あ……」
コンデ「サカタさん⁉」
サカタ「デビットさん⁉」
コンデ「サカタさん、助けて……」
サカタ「逃げてください、デビッドさ……、う！」
コンデ「どうした？」
サカタ「……うぅ、サカタは大丈夫です」
コンデ「……よかった」
サカタ「（別の場所から）……うぅ、サカタは大丈夫です」
コンデ「え？」
サカタ「（別の場所から）……サカタは大丈夫です」
サカタ「（別の場所から）……サカタは大丈夫です」

月　島「……サカタが増えた！」
サカタ一同「カサカサカサ……、」
月　島「えぇい、サカタは皆殺しだ！」

SE、数人のサカタの倒れる音。

金剛地「先生、サカタさんは情報をくれた味方ですよ！」
月　島「……そうか、すまん、介抱してやってくれ」
金剛地「哲！」
坊　や「はい！」
コンデ「……くそう、こう暗くちゃ……、ライト、……ライト」

コンデ、ライトを見つけて点灯。
その光の中に刀を振り上げた月島が見える。

コンデ「ひー！」

コンデがライトを消すので再び真っ暗に。

月　島「逃げるな！」

コンデ「……すいません！、企画は認可しますから！」
月　島「今更遅い！」
金剛地「遅いことないです！、先生、堪えてください！、この男は、まだＧＨＱの人間なんですから、
殺したら大問題です！」
月　島「……。」
金剛地「ね、先生？、……聞いてます？、……哲、ライトつけろ！」
坊　や「……って言われても」
金剛地「先生、なにかおっしゃってください」
知らない人「ちょっと熱っぽいんで、早退したいんですけど」
金剛地「誰⁉」
坊　や「ライトありました！」

と坊やの哲、ライトをつける。
袖からサカタの足が見えている。

金剛地「……デビッド・コンデは？」
坊　や「逃げましたかね」
金剛地「……ま、あとはＧＨＱの判断に任せましょう。史実通りなら、あの男はいなくなりますし」
坊　や「いよいよ映画が撮れるってことですか？」
金剛地「その前に、まずは教えてくれたサカタさんにお礼を言いましょう」

坊　や「はい」

足に向かって、

金剛地「……サカタさん、大丈夫ですか？」
サカタ（月島）「（後ろ向いて声だけで）……うぅ、ひどいじゃないですか、」
金剛地「ほんとすいません」
サカタ「……帰りますからね」
金剛地「お世話になりました」

サカタの足、去っていく。

金剛地「……まぁ仰向けのまま器用なこと。……さ、先生、」
月　島「あぁ、今度こそやってやる」
坊　や「その意気です！」
金剛地「でも、何回言ってるんでしょうね。〝やってやる〟って」
月　島「何回だって言ってやるよ」
金剛地「まだまだ言う時が来るでしょうからね、この混乱じゃ……、」
月　島「……そうか、今はまだ言わされてんだな」
坊　や「え？」

月　島「この国のこの状況に、ついやってやるって口に出るよう追い詰められてる。……俺は俺にやってやるって言わせてくるもの自体をやっつけるような映画をやってやる」
金剛地「……それにはやはりキスですよ」

別エリアにカスミが現れる。

月　島「……、」
金剛地「コンデの置き土産。アイデアだけはいただきましょう」
月　島「……あぁ」

月島達のエリア、暗転。

18．路地裏

いつもの暗がりで、カスミが一人で客を取っている。

カスミ「……。」

そこへ富美子が現れて、

カスミ「……富美子ちゃん。来てくれないから、さみしかったよ」
富美子「ごめん」
カスミ「死んだのかと思ってた」
富美子「やめてよ」
カスミ「アザミさんは死んじゃったから」
富美子「……なんで？」
カスミ「私達の真似して、客から財布すろうとして」
富美子「……一人でやるから」
カスミ「ね、私も富美子ちゃんがいない時は、普通に股で稼いでるよ」
富美子「……ごめん」
カスミ「え、元に戻っただけ」
富美子「……」
カスミ「それよりどう？、撮影」
富美子「フィルムが少ししかないから何度もテストして、ちょっと撮っての繰り返し」
カスミ「楽しそうじゃない」
富美子「別に楽しくはないけど……」

カスミ「けど、なに?」
富美子「……うーん、」

遠くで、少し前までならしなかった車の走る音。

カスミ「なに?」
富美子「フィルムってちゃんと保存すれば100年は保《も》つんだって。この先、100年残る10秒のシーン、100年残る1分のシーンって、毎日毎日ちょっとづつオッケーが出て、毎日毎日ちょっとづつ、100年続くオッケーが……、積み上がってて、……うん」
カスミ「で?」
富美子「ん?」
カスミ「積み上がって?」
富美子「……それだけ、」
カスミ「なにそれ」
富美子「……。」
カスミ「……。」
富美子「カスミ、」
カスミ「ん?」
富美子「…… 〝お前の今の数秒間、100年先までオッケーだぞ〟なんて、そんな肯定、されたことある?」

カスミ「……（指でオッケーを作り）私にとっては（指を逆にして）〝姉ちゃん、いくら？〟のほうが大事だね」
富美子「……カスミも出ない？」
カスミ「私はいいよ」
富美子「出ようよ、映画」
カスミ「ねぇ、なにしに来たの？」
富美子「……え？、あぁ、心配で」
カスミ「だったら私は大丈夫だから、もう来なくても大丈夫」
富美子「……え、」
カスミ「……楽しそうだったよ、映画の話している時。頑張りなよ」
富美子「うん。だからカスミも、」
カスミ「私はこんな顔だし……、」
富美子「……。」
カスミ「……ほんの数か月前まで、生き残った私達は幸せだと思えてたけどさ。今度は生き残った同士でいろいろあるよね。……みんないっぺんには幸せになれないみたいだね」
富美子「……。」
カスミ「……。」
富美子「……ごめん、黙っちゃった」
カスミ「ううん。富美子ちゃんは変な同情しないから好きだよ」
富美子「映画、できたら見て欲しいな」

カスミ「……うん」

今岡と寛一が現れ、照明はそちらのエリアへ。
富美子とカスミは去っていく。

19. とある路上

薄暗い道を撮影帰りらしき今岡と寛一が歩いている。

寛一「じゃあ明日もよろしくお願いします」
今岡「あぁ」

一人になり、口笛を吹きながら、歩きだす今岡。
と、物陰から呼ぶ声がする。金剛地だ。

金剛地「……今岡君」
今岡「……はい?」

金剛地「撮影帰りですか？」
今　岡「はい、えっと……、確か、」
金剛地「月島右蔵の、」
今　岡「あ、コン、……近藤さんでしたっけ？」
金剛地「えぇ、近藤金剛地と申します。ま、大抵みなさん、下の名前で呼んでくれますけど」
今　岡「あぁ……、」
金剛地「何度か撮影所で、」
今　岡「えぇ、……なにか？」
金剛地「許可のない撮影は禁止されてますよ？」
今　岡「え？」
金剛地「いえ、小耳に挟んだものですから。杵山組が、なにやら恋愛映画を撮り始めたと」
今　岡「禁止って？」
金剛地「いいですよね、恋愛映画。欧米人のようなキスなどあればなおさら」
今　岡「……まだ撮っていないんで、うまくいくかはわかりませんが、」
金剛地「ほう……、やはりキスを……、」
今　岡「それより禁止っていうのは？」
金剛地「今岡さん、任地はどちらでしたか？」
今　岡「……え、南京と上海の間で、黄浦《こうほ》江《こう》を行ったり来たり、輸送船に乗っていました」
金剛地「ご苦労様でした。大変だったでしょう」
今　岡「いえ、ありがとうございます」

金剛地「しかし、そんなあなたがどうして杵山なんかと？」
今　岡「と言いますと？」
金剛地「……杵山康茂といえば、盛んに国策映画を撮っていた一人です」
今　岡「え？」
金剛地「いつまでも戦時の話をするつもりはありませんが、わだかまりが消えるのが早すぎるような……」
今　岡「……杵山さんが？」
金剛地「……さて、今、月島組で準備しているのは、社内でGHQの認可をもらった唯一の企画です。この国で初めてのキスをする映画を撮ることになります。……ところが手が足りなくて」
今　岡「……」
金剛地「どうです？、月島組に参加しませんか？」
今　岡「……」

袖からガヤガヤと声がする。
金剛地のエリアの明かりは消え、金剛地去る。
今岡はその場に立ち尽くしたまま、時間は数日後へと流れていく。
煮ぼうとう屋のパネルが現れ、富美子、寛一、石王が食事をしている。

20. 闇市

三人が煮ぼうとうを食べながら、楽しげに撮影についての話をしている。撮影はうまくいっているようだ。
それを見ている今岡。

と、杵山が現れて、

杵山「よし、許可もらえたぞ。境内に移動だ」
一同「(口々に返事をして器を片付ける)」
今岡「……杵山さん」
杵山「お前、なにしてたんだよ、本当はお前がやる仕事だぞ」
今岡「裁判って結局なんだったんですか？」
杵山「……なんだ、今更、」
今岡「無罪だったのは聞きました」
杵山「そうだよ」
今岡「それって何の容疑が無罪なんですか？」
杵山「……それは口で説明すると長くなるから」

今岡「俺……、戦時は輸送船に乗ってました」
杵山「……聞いたよ。撮るぞ」
今岡「輸送船っていっても陸軍の管轄で、行路はほとんどが内陸部の川でしたし、どこで戦争が起きているのかわからないくらいでした」
杵山「おい、」
今岡「実際、一度も銃を撃たないまま、一年以上任務をこなしていたんです」

別エリアに今岡の回想シーンが展開する。
夜の、輸送船のデッキのようだ。
そこに同僚の兵士が立っている。

兵士「……一発も？」
今岡「うん、お前は？」
兵士「実は俺もだ」
今岡「お互い、暢気なもんだな」
兵士「一度、満鉄のレールが盗まれて、小隊のみんなで探しに出かけたら、パラパラパラパラパラ、豆まくみたいな音がしてよ。あとでそれが中国兵の銃撃だったと聞かされて、驚いたくらいだよ」

パラパラと音がする。

今　岡「……わかるよ、ちょうどこんな音だよな？」

と言った時にはもう兵士が胸を押さえて、ゆっくりと倒れていくところだ。

兵　士「……、」
今　岡「え？」

米軍の飛行機の音が爆音で聞こえてくる。
飛行機の機銃が船体に当たる音。

兵　士「今岡ぁ……！、打上筒《うちあげづつ》……！、打上筒……！、」
今　岡「打上筒というのは、出航する際に新型の高射砲と言われて積んだ武器でした。高射〝砲〟なのに、なぜ打上〝筒〟と呼ばれていたのか撃つまで俺は知りませんでした。……打上筒発射！」

SE、花火の上がる音。
爆発音とともに見事な花火が上がる。

今　岡「……。」

唖然とする今岡。

ふと脇を見ると、兵士がすでに死んでいた。

回想のエリア明かり暗転。

今岡「……新型兵器と偽って、供出させた尺玉花火を持たせるのは、死ねと言うのと同じです」

一同「……、」

今岡「確かに敵は驚いて逃げましたよ。夜空に見事な八重牡丹《やえぼたん》が咲いたんですから！」

杵山「落ち着け、今岡、」

今岡「だけども眼前の確かな美しさと、それとは無関係に死んでいく仲間を見て、俺はそれまで生きる頼りにしていたことを否定された気持ちになりました。……例えば美しい、あるいは素晴らしい、もしくは愛おしい、そんな形容詞はいつだって俺を裏切らないと、胸のずっと奥の奥のほうで思っていたのに、ひっくりかえされた気持ちになったんです！」

杵山「……、」

今岡「で、その頃、あなたは内地で何をしていましたか？」

杵山「……、」

今岡「僕が言いましょう。〝撃ちてし止まん〟という類の映画を撮っていたんです！」

一同の顔色が変わる。

富美子「……え、」

杵山「……そうじゃない、」

今岡「そうでしょう！」
杵山「……撮っていたのは本当だが、……俺だけじゃない」
今岡「〝俺だけじゃない〟!!!、言うと思ってました」
杵山「はっきり言われたんだ！、俺の映画なんて戦意高揚に何の意味もなかったと！　だから無実だと！」
今岡「それは結果論でしょう!?」
石王「あの……、少し二人とも落ち着いて……、」
富美子「止めなくていいよ」
寛一「そうだよ」
石王「……、」
杵山「……いくつかの言い訳がある。胸を張って言える反論もある。土下座したい謝罪がある。そのどれも、お前にちゃんと伝えられる気がしない」
今岡「……。」
杵山「だから、俺は、撮る。……撮ろう？」
今岡「……。」

今岡、立ち去ろうとする。
石王が追う。

石王「ちょっと待ちましょう！、ダメです、行っちゃだめです」

しかし今岡は石王をふりほどいて去っていく。
杵山はそれをただ見ていた。
そんな杵山を見て、富美子と寛一が立ち去ろうとする。

石　王「行かないで！」
富美子・寛一「……、」
富美子と寛一、石王の言葉の吐き方の強さに一瞬、躊躇するが、しかし立ち去ってしまった。

石　王「富美子ちゃん、」
と石王は富美子を追っていった。
寛一は店の中へ入って、扉を閉める。
石王、富美子に追いつけなかったのか、すぐに戻ってきて、煮ぼうとう屋の戸を叩く。

石　王「寛一君！、開けて！　（扉かたく閉まっているが）ふん！　（と開ける）……⁉」

扉の中にはいつのまにかレンガの壁があって行き止まりだった。

石王・杵山「……!?」

杵　山「諦めようか、」

石　王「……、」

石王、返事をせずに、誰を追うか一瞬迷い、そして今岡を追って去っていった。
舞台には杵山が一人残った。

杵　山「……。」

ふとカメラに触れてみる杵山。
と、石王が戻ってきて、

石　王「触らないでください」

杵　山「あぁ、すいません」

石王、カメラを拭きだす。

杵　山「……戻ってこないのかと思いました」

石王「まだ教えてもらってないことも沢山あるので」
杵山「……そういう理由ですか」
石王「えぇ、できれば撮影だけでなく現像も編集も、あと映写の仕方も知りたくて、」
杵山「……熱心ですね。でも僕一人では、」
石王「……私がいます」
杵山「ごめんなさい、これ以上は、その……、」
石王「何人分でも働きますから！」
杵山「これ、撮っても意味ないんです。会社に内緒で撮ってますけど、そんな映画、公開されるわけがないし。そもそも編集する金も、現像する金もありません」
石王「……じゃあなんで、」
杵山「……生きてます。つらいです。そのつらさを撮ります。少しだけ、ほんの少しだけ、自分の手の中で操舵が利くような気持ちになります。つらさを、自分の裁量で、手を加えて、さまざまな物語に変えることで、私は、少しつらさをやりこめた気持ちになれます」
石王「へぇ」
杵山「はい」
石王「……なら、なおさらです」
杵山「なおさら？」
石王「教えてもらわないとなりません」
杵山「いえいえいえ……、」
石王「……カメラ貸すだけで足りないなら、他にもお礼しますから（とポケットの中を探りだす）」

杵山「いやそういうことじゃないんです……、」
石王「あの、もう、こんなものしかないですけど（と口元の髭をはがして渡す）」
杵山「いりませんよ!、……えぇ？」
石王「貫禄でますから」
杵山「……石王さん？」
石王「石王です」
杵山「……おじさん？」
石王「おばさんです」
杵山「おばさん？」
石王「石王時子と申します。驚かせてすいません」
杵山「……いや、驚くというか、そりゃそうだとも思いましたけど、でも立ちションしてませんでした？」
石王「何事も練習です」
杵山「……はぁ、」
石王「……満洲から引き揚げてくる際に覚えた知恵です。ソ連兵の強姦好きにはほとほと手を焼きましたし、仕事を探すにも、男のふりをしたほうが選択肢がありましたから」
杵山「……あぁ、」
石王「……ほんとはこれでも地元の帯広ではエレベーターガールをしてたんですよ。それなりにモテました。夫になる人と付き合いだしたのもその頃です。まぁ、結婚式の直前に、夫は満洲に行くことになるんですけど」

杵山「事情は、はい、わかりましたけど、撮影はやはり……、」
石王「……私、さびしくて、すぐに夫を追いかけました」
杵山「石王さん……、」

石王、なぜか話すのをやめない。

石王「……夫の任務地は、満洲の富錦《ふきん》県という、とても寒い地方でした。帯広から渡った私が言うんだからそりゃ寒いです。官舎はレンガ造りのオンドル式でしたが、オンドルの上にはアンペラが一枚だけ。そんな部屋でした」
杵山「あの、」
石王「そんな部屋で数か月後には無事に息子を出産しました。市場で凍った鯉が山と積んで売っているんですが、お乳のために、鯉のみそ汁を毎日飲んでは育てました」
杵山「(諦めて聞こうと)……はい、」
石王「そして夫はそれを撮影していました」
杵山「……え?」
石王「夫は映画が好きで、軍の記録係に無理に頼んで、息子を撮ってもらっていたんです。いつか戦争が終わったら、息子の映画を撮ろうなんて約束もしました」
杵山「……そのフィルムは?」
石王「避難の際に全部焼けました」
杵山「あぁ……、」

石王「夫の移動で東安省《とうあん》の勃利《ぼつり》に移った翌日にソ連が参戦したもので」

杵山「大変でしたね」

石王「(返事をせずに)夫とは〝なんとしても無事に息子を国に帰す〟と約束し、私は息子と二人ですぐに避難することになりました。昨日、来る時はのんびりとした気分だったのが、今日の帰り道ではもうソ連の飛行機に機銃掃射をされながらの道中でした。周りを見ると、兵隊さんも避難民と一緒に逃げるだけでしたから、あぁこれはもうダメだと思いました」

杵山「……、」

石王「なんとかして牡丹江《ぼたんこう》まで戻ってきても町は火の海でした。食料がもらえると聞いて、役所を探して辿りついてみましたが、もらえたのは地下足袋だけで。そんなものもらってももう歩く気力もないですし、夫から預かった銃でいっそのこと子供を道連れにと思いましたが、息子の笑顔を見るとどうしても撃てません。通りすがりの兵隊さんに「どうか私達二人を撃ってください」と頼みましたが断られ、代わりにハルピン行きの避難列車のことを教えてもらいました。なんとか駅へ駆けていって列車に潜り込みますと、今度はどこからか青酸カリが回ってきました。これなら自分でもと、一包み受け取ろうとしたところ、膝の上で眠っていた息子が寝言で「お父ちゃん」と言うので、私は正気に戻りました。……夫の夢を見たと言っていました。あとで聞くと夫はその日のその時間に戦死したそうです。翌日、終戦の知らせを聞きました」

杵山「……あぁ、」

石王「……終戦と言ってもハルピンに足止めされたまま、どうしていいかわかりませんでした。ハルピン在住の日本人は終戦後も贅沢な暮らしをしていましたが、彼らは避難民に布団や衣類を、売ってはくれても、ただの一枚も恵んでくれるということはありませんでした。息子はようやく回ってきた料理も満洲の味付けが口に合わず食べないので、私はそうした日本人の家のゴミ箱を漁っては、息子が食べられるものを探しました」

杵山「……、」

石王「その頃です、髪を切ったのは」

杵山「あぁ……、男のふりを……、」

石王「……男ですかね、あれは鬼のふりかもしれません」

杵山「鬼？」

石王「息子に日本の土を踏ませるまでは、私はもう人じゃない。鬼だと思って生きていました」

杵山「……。」

石王「……それで仕事を見つけたんです。シナ人の家でロバが死んで、ロバの代わりに大きな石臼をひく仕事でした。私が臼をひく姿を、日本人の中にも笑って見ている人がいたのを覚えています」

杵山「……あの、私が撮った映画を責めるつもりでそういう話をしているなら、本当にもう、許してください」

石王「……そうこうしているうちに、息子がはしかにかかり、大変な高熱を出しました。が、そのことで運良く引き揚げの病院船に乗れることになったんです。〝あぁ夫との約束を守れるなぁ〟とほっとしました」

杵山「……。」

石王「……それから何日か経って、船が佐世保に着きました。港に入る前に小さな山が見えました。愛宕山《あたごさん》だよと誰かが教えてくれました。私、朝ご飯と聞き間違えたんですね。それで〝よかったね、朝ご飯だよ〟と息子に話しかけましたが、息子はもう返事をすることはありませんでした。肺炎でした。日本の土は踏めませんでした。私は鬼をやめる機会を失いました」

杵山「……、」

石王「帯広に戻るしかないと、なんとか東京まで戻ってきたところで、私は急に列車を降りてしまいました。夫も子供もいなくなった今、他人の私が夫の家に戻ってどうするのでしょう。それより私は夫とのもう一つの約束を果たしたくなりました。息子の映画を作ること。……だから、教えて欲しいんです」

杵山「……でも、石王さん。お子さん、いないんでしょう。撮れないでしょう」

石王「……杵山さん。そんなことは私だって承知しています」

杵山「じゃあ、」

石王「だからこそ、息子がいないってこと以外はすべてやりきりたいんです。映画のことはなんでもわかる。ただ、撮るものがないというところまで」

杵山「……それでいいんですか？」

石王「できるだけ近くまで行きたいですから。あの子をフィルムに収めるって目的地のすぐ手前まで、ほんの数ミリ、いえ、もっと。学者の人しか知らないような、小さな単位でしか表せない、そういうほんのすぐ手前まで、私は近づきたいんです。」

杵山「…………そんなこと言われて、私、どうすればいいんですか」

石王「あなたには撮るものがあるでしょう。それを撮ってくださいな。それで私は勉強になるのですから」

杵山「……。」

石　王「よろしくお願いします」
杵　山「……はい。それで、あなたを目的地の手前まで、連れていけたら本望です」
石　王「……、」

音楽。
暗転。

21．撮影所

月島組のためのセットが組まれているらしき撮影所。
そこになぜか富美子がいる。
富美子、哲と話をしている。

坊　や「……あ、じゃあ富美子さん、先生と寝たんですね？」
富美子「……寝てないよ」
坊　や「あれ、女優ってみんな先生と寝たあと、僕と寝るんですよ？」
富美子「……お前、バカだろ？」

坊　や「ははは、バカかどうか当ててみな！」
富美子「だからバカだろ？」
坊　や「……正解は、……42でしたぁ！」
富美子「あのな、」

月島と今岡が現れる。
今岡は月島組の助監督になったようだ。

月　島「おい、哲、サボってんなよ」
坊　や「先生、いつまでこんなやつ使うんですか？」
月　島「頑張ってくれてるだろ」
坊　や「どうですかね」
月　島「ウチの組はもう慣れたか？」
富美子「まぁ」
月　島「今岡は？」
今　岡「おかげさまで。でも今日からまた人が増えましたね」
月　島「山場だからな、紹介してないやつはいるか？」
今　岡「えー、あっ、あの方は……？」
月　島「（遠くを見て）効果の林さんだな、林さーん、これ、こないだから来てる助監督！」
今　岡「（頭を下げる）よろしくお願いします！」

月島「他には？」
今岡「大丈夫です」
月島「杵山組よりは人は多いと思うけど、それでもこの場に同時に現れるのはお前を入れて最大六人だ。安心しろ」
今岡「あ、はい！」

灘子がやってきて、

坊や「灘子さん！」
灘子「……ちょっと、」
月島「……なんだ？」

灘子、月島を隅に連れていき、

月島「……なんだよ？」
灘子「出したでしょ？」
月島「は？」
灘子「（富美子を指して）手を出したんでしょって言ってんの」
月島「小娘じゃないか」
灘子「じゃあなんで新人にあんないい役を……、」

月島「お前が吉良をやりたいっていうから、」

灘子「それはだって、こんな話だと思ってなかったから。普通、忠臣蔵なら吉良は最後まで……、」

月島「脚本読めばわかるだろ？」

灘子「……もういい。哲君、おいで」

坊や「え？」

灘子「お古になってあげる」

坊や「は？」

灘子、哲を強引に連れていく。

坊や「あのちょっと！」

月島「おい！、撮影は？」

灘子と哲は行ってしまった。

月島「参ったな……、」

今岡「ま、吉良のシーンはほぼ撮り終わってますから」

月島「……台本読んでるか？」

富美子「これ、キスすることになってるけど」

月島「そういう話だ」

富美子「……へぇ、」
今　岡「できるよな、元々杵山さんのところでもそういう……、」
富美子「できないこともないよ、おじさん」
月　島「……進行、確認してこい」
今　岡「はい」

と去っていく今岡とやってきた金剛地がすれ違う。

金剛地「あら、励んでる？」
今　岡「おかげさまで」

と言いながら、今岡は去っていく。
金剛地、辺りを見回して、

金剛地「なんだか、みなさんせわしないこと」
月　島「お前が急かすからだろう」
金剛地「もちろん、とにかく今日中に先に山場を撮りきりましょう。私、他の組でキスシーンがあれば、あるところだけつないで公開するくらいの心づもりですから」
月　島「わかってるよ」
金剛地「あら頼もしい」

と、寛一が現れる。寛一も月島組にやってきたようだ。

寛　一「富美子、」
富美子「なに、寛一」
寛　一「衣装さんが呼んでるぞ」
富美子「あぁ、」

寛一と富美子、去っていく。

月　島「……お前の呼んできた子達はみんなよくやってる」
金剛地「……ま、今岡君を釣ったら、おまけがついてきただけですけど」
月　島「謙遜するな」
金剛地「……先生、」
月　島「ん?」
金剛地「……いいんですよね?、私、余計なお世話を焼いてないですよね?」
月　島「どういう意味だ?」
金剛地「キスをする剣戟は、本当に先生の撮りたい剣戟ですか?」
月　島「それがあたらしい映画で、客の求めるものなのだろう?」
金剛地「きっと……。……沢山の希望と、いくばくかの迷いを込めて、きっとそうであるはずだとお答え致します」

今岡、富美子、寛一、戻ってくる。

月　島「ならば、なにも迷いはない」
金剛地「……そうですか」
月　島「俺は映画を、ちっぽけな己のちっぽけなこだわりの中に閉じ込めるつもりはない。すべて、見てくれる誰かのために撮らねばならん。なぜなら、そうすることでしか、映画を作る喜びを真の意味で得られることはないからだ」
富美子「……。」
金剛地「……先生が、ありとあらゆる女を抱ききって、ふと横を見たら私がいた……。そんな日が訪れるまで、この近藤金剛地、支えさせていただきます」
月　島「(さりげなく無視をして) ……よし、撮るぞ」
金剛地「……あ、」
今　岡「……監督、衣装さんが監督にも来て欲しいと言っています」
月　島「(苦笑い) 監督・主演に休む間なしだ」
金剛地「(さみしげに) えぇ」

一同、去る。
今岡もあとをついて行こうとして、ふと物音に気付く。

今岡「……？」

覗き込むとそれは石王だった。
手にフィルム缶の入った鞄。

今岡「……あれ？」
石王「あ、」
今岡「石王さん？、なにしてるんですか？」
石王「……、」
今岡「(鞄を見て) それは……？」
石王「……フィルムがなくなってしまって、」
今岡「盗みに来たんですか？」
石王「一巻だけ！　見逃してください！」
今岡「……杵山さんは？」
石王「……、」
今岡「来てるんでしょう？」
石王「今岡さん……、」
今岡「はい」
石王「迷惑かけたらごめんなさいね」

今岡「……一巻だけですよ？」
石王「それもありますけど、その……、」
今岡「まだなにか？」
石王「……、」

石王、唐突に走り去る。

今岡「あの!?」

今岡、追いかけようとするが、呼び止められる。

月島「今岡、撮るぞ」
今岡「あ、はい！」

月島が戻ってきている。

月島「さぁみんな、忠臣蔵セレナーデ、山場を撮る。いいな？」
一同「（袖から）はい」
月島「今岡」
今岡「（袖に）照明さん、よろしいですか？」

照明が撮影用に変わる。

今岡「効果さん、お願いします！」

雪が降りだす。

今岡「カメラのほうは……（と覗き込み）、……はい、監督！」
今岡「監督！」
月島「いつでもいいぞ」
今岡「シーン76、カット2、江戸、浅野邸！」
月島「よーい、スタート！」

と、浅野の家臣役の寛一が飛び出してきて、

寛一「浅野様！　浅野様！」
月島「何事だ？」
寛一「吉良の浪士どもが討ち入りに……、」
月島「吉良の……、して、その数は？」
寛一「およそ47名ほど」

月　島「吉良浪士四十七士……、」

と、大石内蔵助風な衣装を着た富美子が現れる。

富美子「浅野殿でよろしいか？」
寛　一「何者⁉」
富美子「吉良が家臣、小石厩之助子《こいしかわやのすけこ》と申す！」
月　島「女？」
富美子「浅野殿のみしるしを頂戴に推参！」
月　島「ほぅ……、」
富美子「昨年松の廊下にて、貴殿の唐突な接吻により、主君は恋の病に取り憑かれ、再三の貴殿へのプロポーズを無下にされた結果、傷心、切腹……、すべては、」
寛　一「浅野殿の所為だと申すか！」
富美子「いかにも！」
月　島「……主君のご無念ばらし、ご苦労である。……しかし、あれはあやつが勝手に惚れたのだ！」
富美子「えぇい！、言うな！」
月　島「そんな理由で私を斬りにきたのか？」
富美子「いいや、斬りはしない」
月　島「ん？」

富美子「……お前が主君にしたように、今度は私がお前をキスで虜にしてみせる！　それが吉良家なりの供養と仇討ちだ！」
月　島「……ほう。赤穂の塩を舐めて鍛えたこの舌使い、虜にされるのは小石殿のほうだ！」

お互い、刀を置き、歩み寄る。

富美子「いざ！」
月　島「あぁ！」

二人、肩を摑み合って、キスをしそうになるが……、

声「カット！」

と、どこからか声が聞こえる。（雪はまだ降り続ける）

一　同「……え？」
今　岡「あれ、カットですか？」
月　島「……違う。誰だ、勝手にカットをかけたやつは……、」
声「月島さん！、あんたに恨みはないけれど、撮るべきものを撮りきらねばならない使命と衝動がこの胸に溢れている！」

今　岡「……まさか、杵山さん？」
声　「そのキスシーン、俺がいただく！」

セットの壁が倒れ、劇場看板を担いだ杵山とカメラを肩に担いだ石王がポーズを決めて、現れる。

今　岡「……なにしてんですか！、撮影中ですよ！」
杵　山「すまん！、これはお詫び代わりの劇場外看板！」
今　岡「もっとダメですよ！」
月　島「……杵山か？」
杵　山「すいません、大先輩の現場に乗り込んできてしまって」
月　島「じゃあ出ていけ！」
杵山・石王「（頑なに拒否の表情）」
富美子「それは嫌みたい」
月　島「はぁ？」
今　岡「ちょっとすいません（と月島を制して）、帰ってください。今ならまだ……、」
杵　山「（今岡のカチンコを取り上げ）石王さん、技術だけ覚えても映画はできあがりません。時に強引に、こうしたゲリラ戦も必要です」
石　王「はい！　勉強になります！（メモを取る）」
月　島「指南は自分の現場でやれ！」

と詰め寄る月島を今岡がなだめる。

杵山「人をごっそり抜かれまして、自分の現場というべきものがなくなりました！」

月島「だからって、」

杵山「いい明かりだよ、照明さん！」

今岡「帰ってくださいって！」

杵山「(富美子と寛一に)お前ら、台詞は覚えているか！」

富美子「……え？」

寛一「お前ら？」

今岡「杵山さん!?」

杵山「台本！、最後まで渡してあるだろう？」

月島「(袖に向かって)哲！、金剛地！」

寛一「そんなのとっくに忘れたよ」

杵山「(台本を渡して)思い出せ。立ち位置はそうだな……、(と場所を探りだす)」

月島「こいつらをなんとかしろ！」

今岡「何をするつもりですか！」

月島「肝心な時にどこ行った……、」

杵山「撮るんだよ！、石王さん？」

石王「こちらはいつでも」

杵　山「よし！、（富美子と寛一に）思い出したか⁉」
寛　一「……いやいや、無理だって！、なぁ？」
富美子「……、（別のことを考えている）」
寛　一「富美子？」
月　島「カメラも片付けろ……！」

と月島が石王の方へ。
杵山、慌てて月島を投げ飛ばす。

杵　山「石王さん、回して！」
月　島「この野郎……、」
石　王「はい！」
杵　山「（富美子と寛一に）よーい、はい！」
寛　一「無理無理無理無理……、」

月島、抜刀。斬りかかる。

月　島「うりゃぁ！」

杵山、カチンコで白刃取り。お見事。

富美子「……いいね、二人とも」
寛　一「は？」
杵　山「……もういい！、今岡！」
今　岡「協力できません！」
杵　山「あぁそうかよ！」

杵山、刀を受けたまま膠着状態。

杵　山「……そもそも俺達で見つけた女優なんだよ！」
月　島「それは悪いが、こっちも背負わされた思いがある！」
杵　山「は？」
月　島「ベニヤに一番とおけけで書く！」
杵　山「言ってる意味がわからないけどな！」

と刀を押し返すので、二人、距離ができる。

石　王「一旦、止めますか？」
杵　山「止めるな！」
月　島「こっちも回せ！」

今　岡「でも……、」
月　島「第一、俺はまだカットをかけてない！、続きをやるぞ！」
富美子「え？」
月　島「今岡！」
今　岡「はい！、（袖に）お願いします！」

月島組のカメラが回りだす。

杵　山「思い出せ！、兵隊を釘付けにするんだろう!?」
富美子「……うん」

月島、構わず演技を再開して、

月　島「……赤穂の塩を舐めて鍛えたこの舌使い、虜にされるのは小石殿の方だ！」
富美子「……、（月島を見る）」
杵　山「こっちを向け！」
富美子「……、（杵山を見る）」
月　島「小石殿の方だ！」
杵　山「たのむ、富美子！」
月　島「小石殿！」

杵　山「富美子！」
月　島「小石殿！」

富美子、なにかを決心した表情で、

富美子「いざ！」
杵　山「え？」
月　島「あぁ！」

富美子が月島に駆け寄っていくので、

杵　山「ダメダメダメ……、」

と駆け寄るが、カメラと杵山の眼前で、富美子は月島とキスをする。

杵　山「……あぁ、」

杵山、崩れ落ちる。
富美子、その杵山の胸倉を摑んで引き上げ、杵山にもキスをする。

今岡・寛一「……えぇ!?」

爆発音。床から吹き上げる紙吹雪。

富美子「……カット!」
月　島「……え?」
富美子「オッケー?」
杵　山「……いや、俺として、どうする!?」
富美子「さぁ?、……ただ、(二人の男の匂いを確認して)うん。二人とも、100年先まで肯定してあげたいって思っただけ」
杵　山「……何の話だ?」

唖然とする一同。
一応、キスシーンはフィルムに収めたのだが……、

月　島「……いや、待て。何か音がする?」

辺りに地鳴りのように映写機の回転音が聞こえる。

石　王「カメラの音……、」

今　岡「いえ、これ、映写機の回る音です……、」

　月島、なにかに気付く。

　遠くに、なにかを、見る！

月　島「あ……、」

杵　山「……月島さん、見えてる？」

月　島「お前もか、」

杵　山「……ずっと遠くの方、いや遠くにあるけど手で掴めそうな、遠近感を無視した向こうのほうへ、音が波になって飛んでいく」

月　島「誰かいるな」

杵　山「誰かと誰かの二人のようで、誰もがみな、のようにも見える」

月　島「そこまで波の余韻が届いていくぞ」

杵　山「俺達のことなんか知らなそうな人々が、俺達のように唇と唇を重ねている」

　一同、遠くて近い場所に、沢山の人の生活を目にする。

　人々はみな、キスをしている。

月　島「俺達のことなんか知らないまま、それで始まる恋とか愛とか愛憎とか、」

杵　山「嬉し、楽し、愛してる……からこそつらい、悲しい、情けない、」

月島「なにもかも嫌になり、嫌になって20年、ふと、あの頃のように翻弄されてみたいと懐かしんだり……、」

寛一「舌を入れてる人がいる！」

今岡「唇ではないところにもキスしてる！」

杵山「そのすべてが、俺達のワンカットから始まる悲喜交々《こもごも》！」

一同「……。」

富美子「……あんた達、あんな先までオッケーなんだよ」

月島「……これはあれか?、……今、見ているのは永遠か?」

石王「永遠ってのは死んでる人がいる場所でしょう。あれは、永遠のほんの少し手前だと思います」

杵山「永遠の少し手前……、」

石王「ほら、そのまたちょっと先で、永遠の中にいる人が、こっちに向かって手を振っています」

一同「……、」

石王「私達も振り返してあげましょう」

石王、手を振り返す。

一同が戸惑いながらも手を振ろうとしたところで……、

暗転。

22. エピローグ

暗転の中、映画の音声が聞こえている。
それはどうやら〝忠臣蔵セレナーデ〟だ。

明転。映画館。
コンデがその映画を見ている。
映画終わって、客電がつく。
と、客席に坊やの哲もいた。

坊や「……あれ？」
コンデ「……あなたは、」
坊や「まだ日本にいたんですね」

コンデ、返事をせずに去ろうとする。

坊や「ちょっと！、感想聞かせてくださいよ。結構評判なんですよ？」
コンデ「……君達には物珍しいラストシーンも、私には当たり前の行為です。なにか特別なことを成し遂げたつもりにならないでもらいたい」

坊　や「……はぁ、」

コンデ「それに、これからキスをするたびに、この国での嫌な出来事を思い出しそうでうんざりしますよ」

坊　や「(喜んで) 本当ですか?、ありがとうございます!」

コンデ「いや、褒めてません」

坊　や「だって言ってたんです。〝米粒のように、見た人の生活の袖にこっそりと、ひからびてもなお、こびりついていたい〟って」

コンデ「……?、……あぁ、月島右蔵の言葉ですか」

坊　や「えぇ。でも、いつか僕の言葉にします」

コンデ「は?」

坊　や「先生はいろんなお古をくださるんです。だから言葉ももらうんです」

コンデ「……日本の若者よ。言葉というものは中身を伴っていないと、」

坊　や「さよなら!」

コンデ「あ、はい、さようなら」

坊やの哲、去りかけたが、

坊　や「別れにキスをしましょうか?」

コンデ「結構です」

坊　や「じゃ！」

　　と再び去りかけて、

坊　や「やっぱりしておくよ。さみしい時に頼りになるし！」
コンデ「……は？」
坊　や「（投げキスをして）ポケットに入れといたよ。じゃあ！」

　と去っていった。
　コンデ、一人残り……、去りかけたが、

コンデ「……。」

　ふとさみしくなったのか、左のポケットを探る。
　坊や、急に戻ってきて、

坊　や「右のポケットだよ！」
コンデ「……！」

　それだけ言ってまた去っていった。

軽快な音楽が余韻をさらって、暗転していく。

了

あとがき

この台本は、浅草にできた浅草九劇という劇場のこけら落としのために書きました。チラシを見返すと、二〇一七年三月三日初日となっていますから、その日が劇場があたらしくはじまった日ですね。たまたま書いた本が、この劇場の一本目になったわけではなく、ほんとうにこの劇場のために書いたんです。

じゃあ劇場のためになにを書いたの？　っていうのは、読んでいただくとして、あ、読んだ上で、ここを読んでいるとは思いますが、伝わっていれば嬉しいです。面白くなくても、伝わっていれば。

劇場の話をもうすこし続けます。

演劇ってものは、まぁいろんな人が繰り返し言っていることですが、後に残らないものなんですよ。でも、劇場は残るんですよね。千秋楽の次の日も、劇場はあるんです。自分の芝居が終わった次の日に、昨日まで公演をしていた劇場の前を通りすぎたことがあって、すごく不思議な気持ちになりました。自分で書いた芝居ってのは、自分で世界を一個作ったってことですから、それが消えていって、でも残っているものがある。自分が死んでも地球は回るみたいなことと同じですね。

東京の下北沢という町には、そうやって残らない世界が何十年も出現しては消えていくということを繰り返したあげく、付喪神《つくもがみ》みたいになっちゃってる劇場があります。九劇もこれから何十年、あの場所で残らないものをやり続ける場でいるうちに、妖怪みたいになったらいいなと思います。

芝居の話をしましょうか。

台本を書き上げるタイミングはいろいろですが、僕の場合は稽古に入る一週間前くらいには役者さんに配って台詞覚えてきてもらう、ということが多いです。企画によっては半年前とか一年前に書き上げてくれと言われることもあります。昔は、稽古初日は三ページくらいで、稽古しながら台本を書くのが当たり前でした。最初に入った劇団がそういう形だったので、それが当たり前だと思っていたんです。

この台本は、久しぶりに、役者さんの芝居を見ながら書き進めたいと思い、わざと冒頭しか書かずに稽古にのぞみました。

なので稽古場での役者さんの演技に触発され、書かせてもらった台詞がいっぱいあります。稽古場で役者さんが発したアドリブをそのまま台詞として書き残したりもしています。

それからスタッフワークで、台詞を変えることもあります。例えば、台本で伝えたかったことが、音響や照明、衣装さんの用意してきた衣装だけで充分伝わっちゃうなと思ったら、台詞をカットしたりもします。

そうやって世界を過不足なく整えていきます。みんなで。

とはいえ、みんなで書いた本ですとか言いきると、印税の計算とかいろいろ面倒なので、僕一人で書きましたって顔をし続けますけどね、これからも。あとがきまで読んでいただいた方には、こっそり伝えようと思います。

みんなで書きました。

あ、劇場だけじゃなくて、本も残りますね。

古本屋が大好きなので、古本屋でこの本を手に取ってくれた人がいたら嬉しいです。

読んで、つまんなかった人は、捨てないで、ぜひ古本屋に持ち込んで欲しいです。

最後に、

この本を、満洲から鬼になって幼い父を連れて帰ってきた祖母、福原当と、佐世保の港で亡くなった叔父、福原奎司に捧げます。

福原充則

二〇一八年三月

特別付録

1 舞台美術資料
2 舞台写真
3 上演記録

1 舞台美術資料

美術：稲田美智子

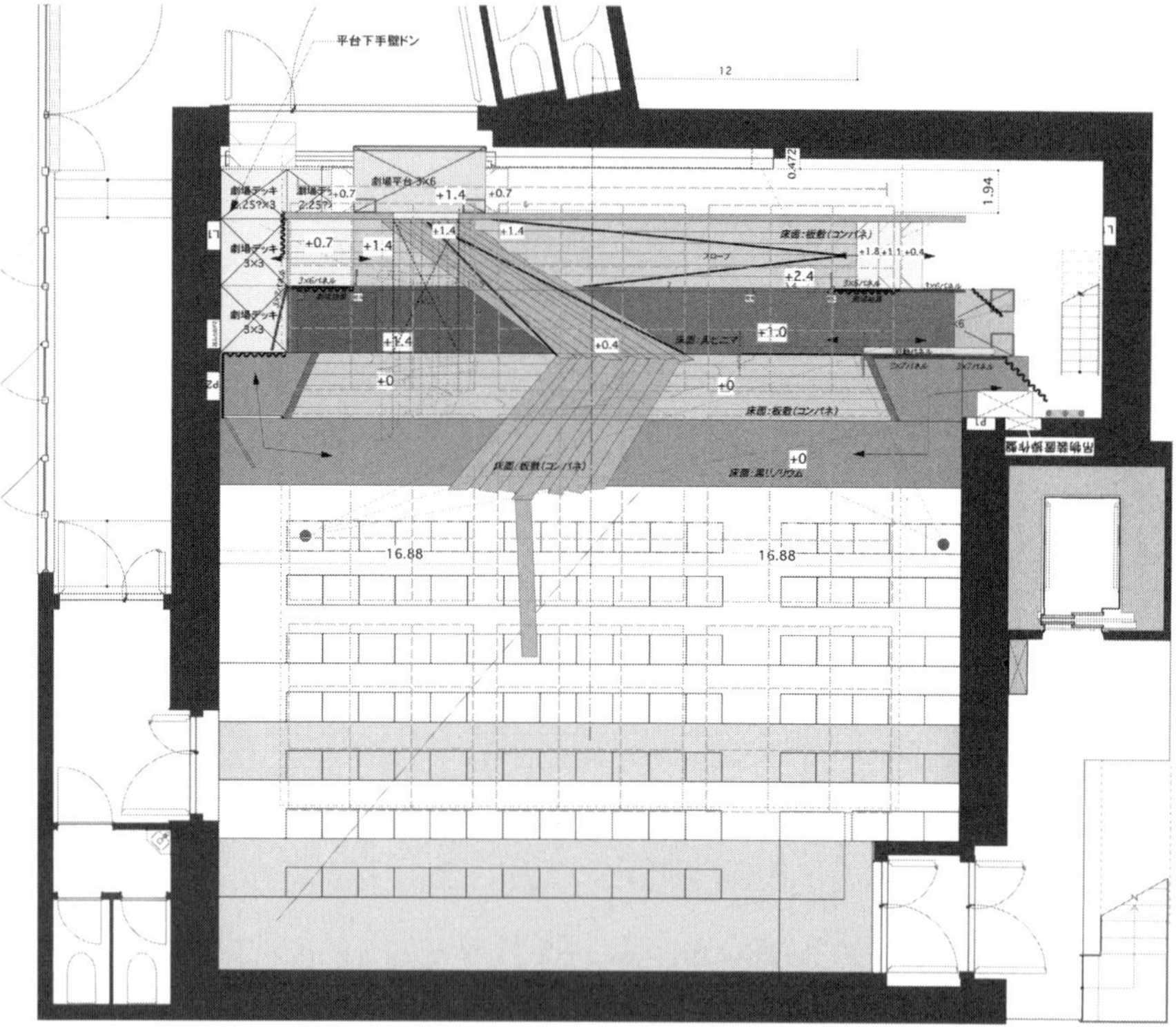

舞台美術　平面図（浅草九劇）

舞台美術　模型
写真左側の台は、平均台幅の花道。
役者は観客をかき分けるようにして歩いた。

2 舞台写真

撮影：引地信彦

富美子「ここから見える景色のすべてが家やビルや看板建築の商店になった時、私は東京中の頑張った男達のご褒美になってやるんだ」

コンデ「♪殿中でござる、殿中でござる ♪おでこに傷をつけましょう」

富美子「箱が形見なの？」　杵山「立方体の好きな父親だった」

富美子「……〝お前の今の数秒間、100年先までオッケーだぞ〞なんて、そんな肯定、されたことある？」

今岡「……例えば美しい、あるいは素晴らしい、もしくは愛おしい、そんな形容詞はいつだって俺を裏切らないと、胸のずっと奥の奥のほうで思っていたのに、ひっくりかえされた気持ちになったんです！」

富美子「二人とも、100年先まで肯定してあげたいって思っただけ」

ベッド＆メイキングス第５回公演
浅草九劇こけらおとし公演

『あたらしいエクスプロージョン』

2017年3月3日（金）〜3月21日（火） 浅草九劇

3 上演記録

【作・演出】
福原充則

【出演】
八嶋智人
川島海荷
町田マリー
大鶴佐助
富岡晃一郎
山本亨

【スタッフ】
音楽：和田俊輔
美術：稲田美智子
音響：高塩顕
照明：斎藤真一郎
衣裳：髙木阿友子
ヘアメイク：大宝みゆき
振付：新鋪美佳
演出助手：入倉麻美
舞台監督：金安凌平

照明操作：シバタユキエ
衣裳進行：西岡若菜

大道具：ステージファクトリー
小道具：高津装飾美術

稽古場代役：森崎健吾

稽古場音響操作：中島有城

衣裳製作：遠藤美南
衣裳協力：東宝舞台（株）衣裳部
BIG TIME

リサーチ協力：菊地陽介

翻訳協力：土田有未　森谷ふみ

グッズ製作協力：清水克晋（PoProPs）

宣伝写真：露木聡子
宣伝美術：今城加奈子

頭巾制作＆劇中似顔絵：土谷朋子（citron works）

web制作：橋本千恵子

当日運営：西村なおこ　新居朋子

運営協力：相澤英美　安達咲里　荒井裕音
井上るな　上原絵美　小川咲
笠置勇人　川久保晴　小林桃香
鈴木友美　谷口暢子　鐵祐貴
寺坂智子　武藤香織　安井和恵
山田由梨　Lee Chi-Yuan

制作進行：斉藤愛子

プロデューサー：笠原健一

【協力】
シス・カンパニー
レプロエンタテインメント
フライングボックス
krei inc.
ゴーチ・ブラザーズ
ノックス

サンライズプロモーション東京
椿組
浅草九劇

【助成】
アーツカウンシル東京（公益財団法人東京都歴史文化財団）
公益財団法人アサヒグループ芸術文化財団

【後援】
TOKYO FM

【企画・製作】
ベッド＆メイキングス
プラグマックス＆エンタテインメント

装画……植村昌之
装丁……矢野のり子

著者略歴
福原充則（ふくはら・みつのり）

一九七五年、神奈川県生まれ。

東京工芸大学芸術学部映像学科卒業。

二〇〇二年にピチチ5（クインテット）を旗揚げ、主宰と脚本・演出を務める。

また、ニッポンの河川、ベッド&メイキングスなど複数のユニットを立ち上げ、幅広い活動を展開する。

『その夜明け、嘘。』（〇九年）が第五十四回の、『つんざき行路、されるがまま』（一四年）が第五十九回の岸田國士戯曲賞最終候補作品にノミネートされる。

近年は映画・テレビにも活躍の場を広げ、一五年公開『愛を語れば変態ですか』で映画初監督。一七年の連続ドラマ『視覚探偵　日暮旅人』では、脚本を全話執筆。

上演許可申請先
有限会社ノックス
http://www.knocks-inc.com/

あたらしいエクスプロージョン

二〇一八年四月一〇日　印刷
二〇一八年四月三〇日　発行

著　者 © 福原充則
発行者　及川直志
印刷所　株式会社理想社
発行所　株式会社白水社

東京都千代田区神田小川町三の二四
電話　営業部〇三（三二九一）七八一一
編集部〇三（三二九一）七八二一
振替　〇〇一九〇-五-三三二二八
郵便番号　一〇一-〇〇五二
www.hakusuisha.co.jp
乱丁・落丁本は、送料小社負担にて
お取り替えいたします。

株式会社松岳社

ISBN978-4-560-09637-6

Printed in Japan

白水社刊・岸田國士戯曲賞 受賞作品

神里雄大	バルパライソの長い坂をくだる話	第62回（2018年）
福原充則	あたらしいエクスプロージョン	第62回（2018年）
上田 誠	来てけつかるべき新世界	第61回（2017年）
タニノクロウ	地獄谷温泉 無明ノ宿	第60回（2016年）
山内ケンジ	トロワグロ	第59回（2015年）
飴屋法水	ブルーシート	第58回（2014年）
赤堀雅秋	一丁目ぞめき	第57回（2013年）
ノゾエ征爾	○○トアル風景	第56回（2012年）
矢内原美邦	前向き！タイモン	第56回（2012年）
松井 周	自慢の息子	第55回（2011年）
蓬莱竜太	まほろば	第53回（2009年）
三浦大輔	愛の渦	第50回（2006年）